Els dos mons de la Zoè

Els dos mons de la Zoè

Ana García-Siñeriz
Jordi Labanda

Estrella Polar

Estrella Polar, Peu de la Creu, 4, 08001 Barcelona
www.estrellapolar.cat
info@estrellapolar.cat
Disseny de la coberta i maquetació: Kim Amate
Primera edició: setembre del 2011
ISBN: 978-84-9932-378-7
Depòsit Legal: B. 24.947-2011
Imprès per Cayfosa
Imprès a Espanya – Printed in Spain

Aquest llibre pertany a

....

El vaig llegir el/l' .... de/d' .... de ....

a ....

Me'l va regalar ....

Quan l'hagis acabat, tria una casella:

- ☐ Que guai! Genial! M'encanta!
  (Aquesta és la bona.)
- ☐ Interessant, ehem!
  (Això ho diria un crític saberut.)
- ☐ Hi he trobat a faltar alguna cosa.
  (Això és que t'has saltat alguna pàgina...)
- ☐ Abans d'opinar, l'hauria de tornar a llegir...
  (Quina bona idea! Torna a començar.)

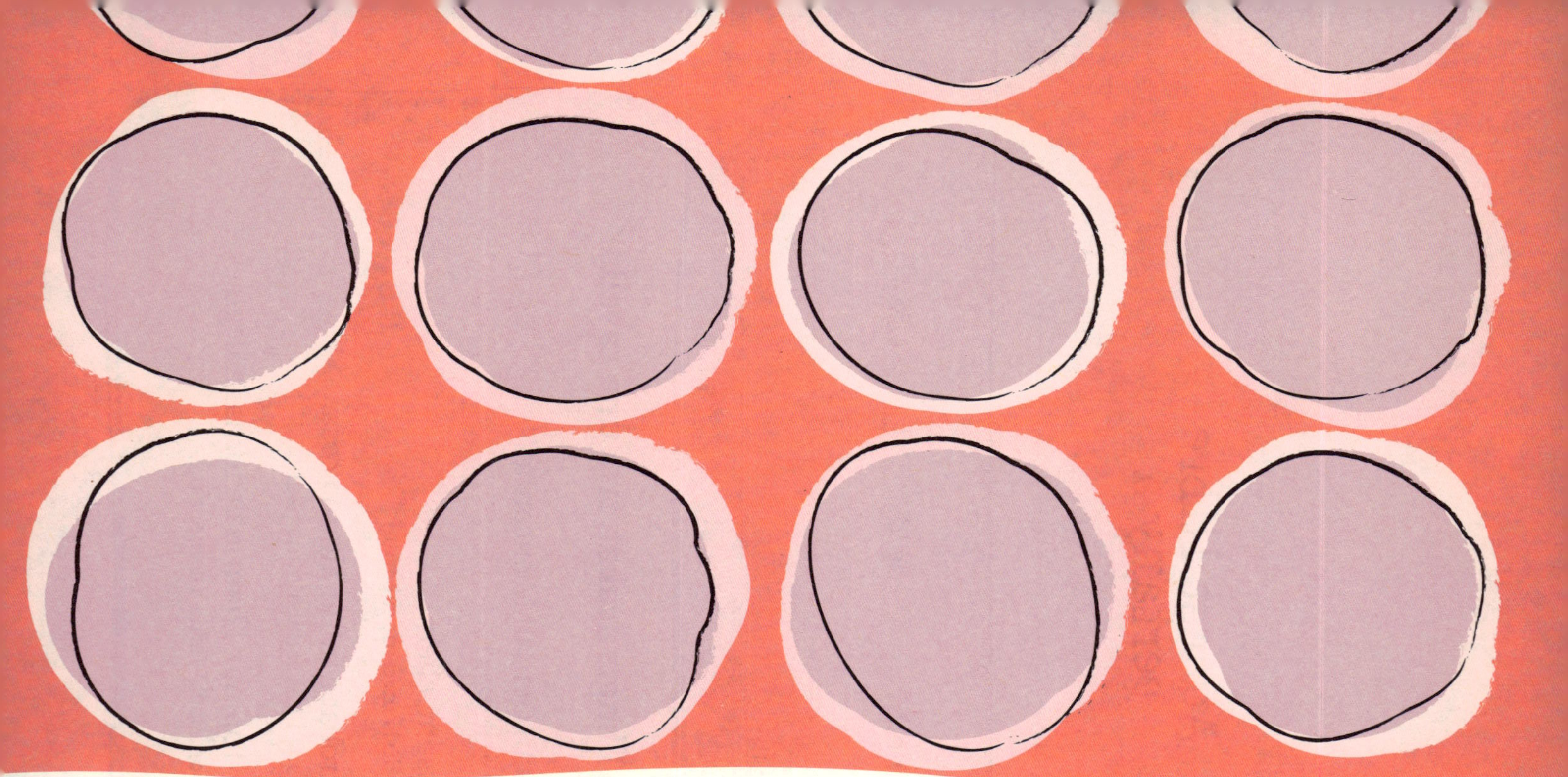

Hola, sóc la Zoè

Us agrada el meu nom?

A mi, de vegades. A l'escola em diuen **«zo-penca»** i **«zo-zo-zo-zombi»**. Que originals, oi?

Bé, com que ens hem de conèixer, val més que us expliqui algunes coses...

De vegades trec males notes. I la professora sempre es queixa que em distrec mirant una mosca que passa, però és que a classe m'avorreixo molt!

I qui no s'hi avorreix?

La meva família
La mare
Jo
El meu germà Nicolau

La meva família és una mica especial.

Els pares viuen en dues cases diferents de dos països diferents, i tinc una germana que no he vist des de fa anys... No us sembla increïble? Bé! Més endavant us en faré cinc cèntims.

Primer de tot, us vull presentar els meus amics. Plegats ens ho passem genial!

Som la Banda de la Zoè.

I, si voleu, també podeu formar-ne part...

L'Àlex

L'Àlex és una especialista en tot allò que s'endolla...

És una crac!

En realitat es diu Alexandra, però s'estima més que li diguin Àlex.

Ens vam conèixer el primer dia de classe. Ella em va defensar al pati i des d'aleshores som

INSEPARABLES!

La tornen boja:

Les pel·lícules d'aventures, les andròmines tecnològiques i els ordinadors.

Els pastissos i les llaminadures... **És molt golafre!**

No suporta:

Les faldilles, les nines, els pintaungles, ni res que sigui de color ROSA.

De gran:

Vol ser campiona de Fórmula 1.
O astronauta.
O campiona de...
és incapaç de triar!

Aquesta és l'Àlex

La Liseta

La Liseta és genial quan cal una mica d'intuïció femenina. En té per donar i per vendre!

I, a més, és capaç de trobar a la seva bossa qualsevol cosa que necessitem en el moment adequat...

Sembla màgia!

Li encanta:

La moda! I maquillar-se amb les pintures de la seva mare.

Tot i que és guapíssima i té uns cabells arrissats preciosos, només somia una cosa: tenir els cabells llisos.

Detesta:

Fer esport, córrer, suar, despentinar-se i que l'Àlex li prengui el pèl (sobretot si acaba de sortir de la perruqueria).

En Marc

En Marc és l'únic noi de la Banda.

Per no res es torna **vermell** com un pebrot. És molt intel·ligent. Ho és tant, que es fa el ximple perquè no li diguin setciències... Vosaltres ho enteneu? Doncs els seus pares tampoc (sobretot quan li donen les notes... **ufff!**).

Aquest és en Marc

Li encanta:

Aprendre, llegir, saber coses...

Odia:

En Marc no odia res. Però sembla que a ell l'odien els lactis, el gluten, els perfums, la xocolata... és al·lèrgic a gairebé tot!

De gran...

Vol ser escriptor. Per això sempre carreteja una motxilla plena de llibres que ens fan molt de servei en les nostres aventures.

La Kira

I la Kira és la meva estimada gosseta, membre honorífic de **la Banda de la Zoè.**

Sembla un gos del Labrador, però no és de pura raça. L'Amanda, la nòvia del pare, li diu

«PETANERUS PUÇOSSUS».
(Després us parlaré de l'Amanda... **Uf!**)

Els seus hobbies:

Perseguir en Nails, el gat de l'Amanda.

Ah!, i robar els bistecs de vedella quan la mare està distreta.

No li agrada:

Els canelons (perquè el nom la fa sospitar del seu contingut).

Que la mare la fiqui a la banyera. Per això, no la banyem gaire sovint. La mare diu que és una gossa ecològica, perquè és de *baix manteniment*, com el seu cotxe.

I jo, que sóc

La Zoè

M'agrada:

Resoldre misteris amb la Banda, els pastissos de xocolata, obrir abans que mon germà el paquet de cereals per treure'n el regal, he, he...

i trepitjar bassals sense mullar-me els mitjons!

No m'agrada:

Tallar-me les ungles dels peus (quin horror!), el peix amb espines, els diumenges a la tarda i que es trenqui la mina d'un llapis quan li fas punta amb la maquineta!

Visc als afores d'una ciutat amb la mare i en Nicolau, el meu germà petit; **un plom**.

La mare és molt bona i ens estima força. Treballa per a una organització que recull gossos abandonats (així vam trobar la Kira quan era un cadell). Per això casa nostra és plena d'animals. I amb els meus amics ens reunim al **«galliner»**.

Per entendre la meva família cal, com a mínim, un arbre genealògic...

La Banda de la Zoè
som l'Àlex, la Liseta, en Marc i jo.
(Bé, i la Kira...)

El quarter general és al galliner. Allà ens entrenem i estudiem el *Manual de l'Agent Secret per a Principiants* que ha escrit en Marc. Fins i tot la Kira ha acabat el curs bàsic de gos espia, i cada cop domina millor el lladruc en clau...

Estàvem desitjant posar en pràctica tot el que havíem après! I aleshores se'ns va presentar l'oportunitat...

Que emocionant! Per fi!

La primera aventura de la Banda de la Zoè comença...

AQUÍ!

Gossos, gallines...
i germanes
La nostra primera aventura va començar amb una visita inesperada...

Érem al galliner repassant el *Manual de l'Agent Secret per a Principiants*, bé, i endrapant uns fantàstics entrepans amb enciam i tomàquet de l'hort que ens havia preparat la mare, i tot d'un plegat...

—**Zoèèèèè!** —va udolar en Nic—, la mare diu que viiiinguiiiiiis!

En Nic mai no parla. **Xiscla**.

—T'has descuidat de donar menjar a les gallines! —em va punxar.

No sé si ja us ho havia dit, però sóc l'encarregada del D.R.A. o Departament de Reciclatge* d'Aliments; com si diguéssim... de tirar les sobralles del menjar a les gallines Cloca i Lloca.

A casa, una noia s'esperava al costat de la mare.

—Tenim visita —va dir la mare en un to misteriós.

—Hola! —va saludar somrient la noia.

La seva cara em sonava, però ara no hi queia...

—Sóc jo, Zoè! La **Matilda**! —va exclamar la noia mentre s'acostava a fer-me un petó, rient—. Que no te'n recordes, de mi?

És clar, era la meva germana! Feia anys que no la veia... Jo era molt petita, més que ara en Nic, i ella... se'n va anar a estudiar a un internat... i després...

s'havia fet molt famosa!

Era la cantant de **FRENCH CONNECTION**, el meu grup favorit!

I, aleshores, vaig estar a punt a punt de desmaiar-me. Com si fos una d'aquelles damisel·les de les pel·lícules antigues, que no aguanten una impressió forta. Apa, us ho heu cregut? **Que era una broma!**

En Nicolau

Renom

En Nic *el plasta*.

Edat

Sis anys, tres mesos, dotze dies, quatre hores, dos minuts i sis segons... Uf!

Aficions

Emprenyar, emprenyar i emprenyar (sobretot a mi).

Crit de guerra:

«MAMAAAAAAA!».

Si la Kira parlés!

Les mascotes de la Zoè

La Cloca i la Lloca

Són gallines de Guinea, però elles estan convençudes que són gossos i sempre proven de bordar, tot i que només aconsegueixen cloquejar més fort.

La Kira

Jo sí que sóc un autèntic gos.

L'Orelletes

És un conill amb «orellotes».

L'Espavilada

És una burra, però molt intel·ligent.

***RECICLAR**

consisteix a donar un nou ús a un objecte que ja no serveix o bé processar-lo perquè es pugui reutilitzar. Per exemple, fer servir un potet de iogurt de vidre com a gerro és reciclar.

Si la Kira parlés!

Quina és la vostra raça de gos preferida?

Caniche
És com una senyora petitona i rodanxona que s'hagués posat rul·los per tot el cos.

Pastor alemany
El gos policia, lleial i molt noble.

Jack Russell
És tan entremaliat i intel·ligent! Alguns exemplars tenen una taca negra que els envolta l'ull.

Chihuahua
Diminut. És una raça molt antiga, d'origen mexicà.

Carlí
(també se l'anomena «**Pug**»)
Es caracteritza per tenir el musell aixafat i de color fosc.
La Liseta en vol un per anar a la moda...

Zoè, et necessito

Una germana que torna inesperadament!
I, a més a més, cantant! **I famosa!! Uauuu!**
(No és la Kira que ha udolat alegrement, he estat jo...)

Bé, anem per feina. Us ho hauré d'explicar tot. Tot això que fa anys que no veia la Matilda, i que no vivia al galliner amb nosaltres... Doncs us ho explico... Abans de casar-se amb la mare, el pare va tenir una filla, la meva germana Matilda, que, és clar, tenia i té una mare que viu a l'estranger, i un padrastre... Us havia dit que la meva família és especial, oi?

Quin embolic...

Però jo mai no m'he oblidat de la Matilda, i tinc un pòster enorme de **FRENCH CONNECTION** a l'habitació.

I el plasta d'en Nic volia que arrenqués els meus pòsters per posar-ne uns de futbolistes, **uf!**

—Quines ganes tenia de veure't, germaneta! —em va dir la Matilda mentre m'abraçava ben fort.

Aleshores vaig saber que havia vingut a buscar-me perquè anés amb ella... **a París**.

—El pare vol que hi vagis. Et necessita —va desvetllar, misteriosa, mentre em somreia amb uns ulls que eren com els meus però una mica més ametllats.

Encara no us he parlat del pare, oi? Doncs bé, el pare sempre està molt ocupat, envoltat d'homes amb corbata i maletins i senyores amb cara de pal que parlen en altres idiomes. Per això, com que sempre està treballant, no el veiem gaire. Però ens estima molt, eh? A en Nic i a mi ens agradaria que ens vingués a veure més sovint..., tot i que ens envia regals superguais quan és el nostre aniversari... Llàstima que no es pugui enviar ell mateix per correu. Seria el millor regal.

El pare em volia veure! **Necessitava** veure'm!

Això sí que era una sorpresa. Bé, i que hagués vingut la Matilda, també!

—Saps per què em vol veure? —vaig preguntar tímidament.

—Et necessitem tots dos... —va dir agafant-me la mà.

—D'acord! —vaig respondre.

La mare em va picar l'ullet des de darrere de la taula. Me n'anava a París!

I veuria el pare!

La meva germana Matilda

Edat
Divuit anys.

Trets d'identitat
Serrell, ulls blaus, guapíssima!

Aficions
Cantar i tocar la guitarra elèctrica amb FRENCH CONNECTION, els coneixeu? Són megaguais...

Aquesta és la meva germana Matilda

Tret principal del seu caràcter
Li agrada la xocolata tant com a mi. Potser tenim un gen comú d'amor al cacau?

tots per a un...

Els ho havia d'explicar, a l'Àlex, en Marc i la Liseta. Encara devien ser al **galliner** esperant-me. La mare es va quedar a casa amb en Nic, i la Matilda i jo hi vam fer cap.

PAM!, PUM!, PATAPAM!

Un fum molt negre sortia del galliner!... i un terrabastall de crits, «lladrucs» de gallines que creuen que són gossos (per descomptat, eren cloqueigs) i de la Kira, que sí que bordava com una boja!

Bub! Bub! Bub!

—T'has tornat a equivocar amb les mesures! —va exclamar l'Àlex, enfadada, mentre treia el cap fora del nostre amagatall.

—I tu m'has fet malbé el pentinat! —va cridar la Liseta, a punt de plorar.

L'Àlex tenia la cara ennegrida... i els cabells de la Liseta semblaven una *escarola* electrocutada! Aparentment, havien tornat a provar un explosiu del *Manual* d'en Marc.

—Ei, nois!, que me'n vaig a París —vaig anunciar solemnement—. Tinc una missió molt important.

—**TROBAR UN GAT MIL·LENARI!** —va desvetllar la Matilda.

—Vols dir que tens un cas? —va preguntar l'Àlex—. Que vas a investigar un autèntic cas?

I, aleshores, la Liseta va treure les fotos de la cantant de French Connection que sempre duia a la bossa i va mirar la Matilda, i... va comprovar que la cantant de **FRENCH CONNECTION**, l'*altra* Matilda, era *aquesta* Matilda! I aleshores... es va desmaiar. Com una d'aquelles damisel·les de les pel·lícules antigues.

—Espavila, Liseta! —va cridar l'Àlex intentant aixecar-la—. Que tenim un cas!, **un cas per a la Banda de la Zoè!**

—No podem permetre que la Zoè hi vagi sola! —van exclamar en Marc i l'Àlex a cor—. Vinga, Liseta; un cas de DEBÒ!

La Liseta es va arreglar els cabells i es va espolsar la roba. Per descomptat, ella també volia anar a París! Sempre havia somiat assistir a una desfilada de moda, era el més *fashion*!*

OH, LA-LA!

Però hi havia una cosa molt important que calia tenir en compte...

—M'hauràs d'ajudar a convèncer els seus pares —vaig demanar a la meva germana.

La Kira va bordar i va bellugar la cua.

—Tu també t'hi apuntes, oi? —va dir Matilda.

BUB! BUB!

(que en el seu idioma vol dir: «Per mil costelles de xai... i tant!»).

Aleshores hi vaig caure: els gossos poden viatjar amb avió? I, sobretot, si són tan grossos? I els gossos aficionats a mossegar el tou de la cama? (la Kira mossega, però fluixet, eh?).

La Matilda em va tranquil·litzar:

—A l'avió que agafarem, sí.

Quin avió devia ser?

No sé per què, però em feia l'efecte que no seria un de normal...

Les notes d'en Marc

París

París és la capital de França. Antigament s'anomenava *Lutetia*.

És el destí turístic més popular del món, i té monuments com ara la torre Eiffel, la catedral de Notre-Dame, el Panteó o el Museu del Louvre. El riu Sena travessa la ciutat i la divideix en dues grans àrees: la vora esquerra, molt apreciada pels estudiants i els intel·lectuals, i la vora dreta, on hi ha els barris residencials i el món dels negocis. Són dues maneres d'entendre la vida... *à la parisienne.*

París és la ciutat de la llum, de l'amor, de la moda, de l'art i de la gastronomia. **Vive Paris!**

La catedral de Notre-Dame

L'arc de triomf

La ciutat en xifres

1 riu: el Sena o la *Seine*.
Per als francesos, els rius són femenins.

2 temporades de desfilades de moda anuals.

2 illes al centre: l'Illa de Sant Lluís i l'Illa de la Ciutat.

10 àrees de conreu de vinyes. Sí, de vinyes! Principalment a Montmartre, on s'elabora un vi 100% parisenc.

37 ponts. Els més coneguts són el Pont Nou, el pont Alexandre III o el pont de l'Ànima.

330 metres d'alçada de la torre Eiffel, de ferro, construïda per l'enginyer Gustave Eiffel amb motiu de l'Exposició Universal del 1889.

La torre Eiffel

El diari de la Liseta

*Atenció, *fashionistes*!

La Liseta vol ser *fashionista*, és a dir, una persona que viu per i per a la moda. Per això adora tot el que és *fashion*, tot el que està de moda. Que *fashion*!

Cap a París

Doncs sí, en aquell avió sí que hi podien viatjar els gossos perquè l'havia enviat el pare especialment per a nosaltres. Això va ser la primera cosa que em va fer sospitar que la missió que estàvem a punt d'afrontar era **important**.

Abans d'embarcar, però, la Matilda havia convençut els pares de l'Àlex, en Marc i la Liseta que aquell viatge seria, culturalment, molt interessant per a ells... i, certament, no va dir cap mentida!

La mare es va acomiadar de nosaltres amb un munt de recomanacions. Ja us he dit que la mare vol que sempre siguem respectuosos amb el medi ambient?

—Dutxa't en comptes de banyar-te i no deixis l'aixeta oberta mentre et rentis les dents —em va recordar—. I recorda que *aquesta* és casa teva i aquest és el *teu* món; no te n'oblidis, Zoè. Pensa en el nostre estimat galliner —va dir rient—; nosaltres pensarem en tu.

—Sí, mare.

—I porta't bé! I fes cas del pare! —va acabar.

Encara no us ho he dit, però els pares, tot i que no viuen

junts, s'estimen molt. Malauradament, tal com diu la mare, els seus estils de vida són totalment incompatibles!

Ja a l'aeroport, la Liseta va arribar carregada de maletes. En Marc li va dir que portava un excés d'equipatge i que hauria de deixar alguna cosa.

—**La bossa noooo!** —va xisclar ella agafant amb força l'enorme bossa que sempre l'acompanya.

—Tranquil·la, Liseta —va dir la Matilda—, pots guardar-te la bossa. Una noia mai no sap quan la pot necessitar —i li va fer l'ullet.

I la Liseta va poder endur-se la bossa. Encara sort! Després esbrinareu per què...

I per fi vam arribar a l'avió. Que guai! L'Àlex, la Liseta i en Marc es van instal·lar als seients del davant. Els millors. La Matilda i jo ens vam haver d'entaforar amb la Kira a l'última fila, com si fóssim sardines dins d'una llauna. O en *escabetx*, per ser més exactes.

—Que guai! —va exclamar l'Àlex.

La Liseta fa arrugar el front, es va ajustar, amb cura per no despentinar-se, un antifaç i va intentar dormir. I en Marc va agafar un diari en francès i el va començar a llegir.

—Mmmm... haurem d'anar a veure la Gioconda i pujar a la torre Eiffel, és clar; i, per què no?, tastar els deliciosos formatges francesos... —va murmurar per a ell.

—I això què és? —va preguntar la Liseta aixecant-se un extrem de l'antifaç. Aleshores va assenyalar una foto amb unes calaveres apilades contra una paret. **Glupsss!**

—Les *catacumbes*! **Uauuuuu!** —va dir en Marc sacsejant les mans davant la cara de la Liseta—. És una de les atraccions turístiques de París.

—Ei! Aquest no és el **teu** pare? —em va preguntar l'Àlex assenyalant una altra foto del diari —. Perdó, el **vostre** pare —va rectificar.

Des del darrere, la Matilda li va arrencar el diari de les mans.

—Per això sou aquí. **Llegiu** atentament aquesta notícia —ens va demanar.

que ha establert el rècord amb 26,5 graus sota zero. ■

El principal sospitós del robatori al moment de les

UN ROBATORI SONAT!

Una figureta amb forma de gat ha desaparegut de la vitrina on s'exhibia de la Sala de la Baixa Època del Museu del Louvre.

A la mateixa hora se celebrava en un saló del museu una exclusiva festa organitzada per un conegut col·leccionista d'art i home de negocis. La policia encara no té cap pista, tot i que el principal sospitós és l'organitzador de la festa.

L'objecte desaparegut és la figura d'una gata guarnida amb un bonic collaret, del qual penja un medalló amb un cap de felí sobre un disc que representa el sol.

Al mercat, el seu preu podria assolir una xifra astronòmica. També s'especula amb la possibilitat que hagi estat robada per encàrrec d'un col·leccionista privat desitjós d'aconseguir una peça tan valuosa.

A més, segons alguns historiadors, els jeroglífics de la base de la figura indiquen el lloc exacte on es troba la tomba d'uns amants llegendaris: Cleòpatra i Marc Antoni.

Que potser els lladres busquen la tomba dels famosos amants? O bé només volen afegir una peça a la seva col·lecció d'art? ■

—El pare n'és el principal sospitós! —vaig exclamar, a contracor—. Però... això és impossible!

Ara ho entenia tot, per això el pare necessitava la nostra ajuda: per resoldre el robatori del gat mil·lenari... el nostre primer cas.

—La policia vigila el pare de ben a prop. Per això vosaltres haureu d'investigar tot plegat —va afegir la Matilda.

—I tu? Per què no te n'ocupes tu, del cas? —li va preguntar en Marc—. La policia també et vigila?

—La policia, no —va respondre la Matilda—, però mireu això! —va dir assenyalant una altra foto del diari—. En aquesta pàgina hi surto... contra la meva voluntat. A mi em vigilen els *paparazzi*!*

Exclusiva!!

Matilda torna a sorprendre!

La cantant de FRENCH CONNECTION ha estat enganxada «in fraganti» a la sortida d'un conegut restaurant de París acompanyada d'un guapíssim jove no identificat. Serà un més a la interminable llista d'«amics» de la popular cantant?

La llibreta de la Zoè

La bossa de la Liseta

És extraordinària!

Hi pots trobar de tot. La Liseta diu que el secret és saber mantenir l'ordre i aprofitar bé l'espai. Però ja veureu tot el que hi cap, a la bossa, i em direu si és màgica o no...

El diari de la Liseta

Atenció, *fashionistes*!

Paparazzi

Són els fotògrafs que persegueixen els famosos pel carrer.

La llibreta de la Zoè

Zoè Test

1. França és un país famós per la gastronomia i els formatges:

a) Elabora més de 365 varietats de formatge. Un per a cada dia de l'any.

b) De fet, n'hi ha més de 3.650 de diferents, però abans m'havia descuidat un zero.

c) Són 3.650.000 formatges i tots fan una pudor espantosa.

2. A França es menja:

a) Crispetes de granota

b) Llibrets de granota arrebossats

c) Anques de granota

3. Tria un d'aquests plats per a un restaurant francès:

a) Amanida russa

b) Patates fregides o *frites*

c) Una pizza Quatre Formatges

RESPOSTES

1. La **a.** 365 + 135 = 500 varietats de formatge! Cada regió té els seus formatges típics, i els àpats, a França, sempre acaben amb una mica de *fromage*.

2. La **c.** Anques de granota. Són les potes d'aquests animalets... Sense comentaris...

3. La **b.** Les patates, cruixents i al punt just! Tot plegat molt *francès*.

El misteri de l'Hades
ALEX
ZOE
Liseta
MARC

Per fi vam arribar a París. I a casa del pare. Ostres, quina casa! Força *diferent* del galliner. L'Àlex, la Liseta i en Marc es van quedar bocabadats. I el pare també, quan ens va veure arribar.

—Zoè, quina alegria veure't! I és espaterrant que hàgiu vingut tots... fins i tot el gos!

BUB! BUB!

La Kira va bordar un parell de vegades intentant esmenar l'error del pare. Ella no era *un* gos, i ara! Era una gosseta.

El pare ens va rebre amb els braços oberts. Havia encarregat que ens preparessin un piscolabis deliciós.

MENÚ

Sandvitxos de pernil dolç
amb mantega salada

Torradetes de pa integral amb
confitura casolana d'albercoc i pera

Una pila de pastissets
de crema i xocolata negra

Pastís cruixent de merenga
de llima i llimona

I la Rose, la seva assistenta personal, va tenir el detall de pensar també en la Kira i els seus gustos canins.

Os de Qualitat Superior

El pare va esperar que tots estiguéssim asseguts i aleshores va començar a parlar.

—Bé... Així doncs, heu vingut a ajudar-me a resoldre l'embolic del robatori del gat. Espaterrant!

(Per cert, segurament ja us heu adonat que el pare sempre diu **«espaterrant»** quan es refereix a allò que a tota la resta de persones ens «agrada», ens «entusiasma», ens «apassiona» o ens «torna bojos». **Espaterrant!**)

En Marc es va arrepapar a la cadira i li va preguntar amb un posat interessant:

—Qui creu que hi pot haver al darrere d'un robatori així?

—Bé, bé!... No podem descartar cap possibilitat, però jo m'inclino per l'**HADES**.

—L'HADES? —van preguntar a cor l'Àlex, en Marc i la Liseta.

—L'HADES, sí. Un club de dames. Sona força innocent, oi? Però tinc la sospita que en realitat és una *tapadora* —va respondre el pare.

—Ah, sí? —va preguntar l'Àlex endrapant dos pastissets amb golafreria—. I qui n'és el cap?

El pare va inspirar profundament i va seguir parlant.

—La cap. Creiem que és una dona —va aclarir—. Sembla que al capdavant hi ha una dona terriblement malvada. Ningú no sap qui és, només se sap que adora els gats i odia... **les nenes**.

MMMM!

—I per què les odia, les nenes? —va preguntar l'Àlex com si ella no pertangués al gènere femení i mentre observava amb interès un altre pastisset.

—Perquè són tendres i tothom les adora, i amb el temps es converteixen en dones —ens va explicar el pare—. Ella pensa que ja n'hi ha prou, de dones, al món.

—I què els fa, a les nenes? —va preguntar la Liseta sentint un calfred.

—Coses terribles... —va dir el pare—. Enverina les llaminadures, llima les cordes dels gronxadors perquè es trenquin, i escampa pedrots per les pistes de patinatge perquè les nenes caiguin i s'esgarrinxin els genolls, i de vegades... coses encara **pitjors**... —va explicar, i aquesta vegada no va dir «espaterrant».

—Però, quin interès podria tenir a robar el gat? —va preguntar en Marc, arrufant les celles—. No té res a veure amb les nenes —va dir, i ens va mirar a tots.

I, de sobte, va començar a tossir.

COFF, COFF!!

—Tinc un atac agut d'**AL·LÈRGIA**! —va exclamar en Marc amb veu escanyada. Una olor molt forta de perfum va envair l'habitació.— M'ofego! —va dir.

I aleshores va entrar una dona. Duia una jaqueta de pell de lleopard i l'envoltava un núvol d'una aroma espessa i... apelagosa.

COFF, COFF!!! COFFFFF!!!!

En Marc tossia cada cop més!

—Amanda, estimada, em sembla que t'has tornat a excedir amb el perfum —va dir el pare allargant la mà a la dona que acabava d'entrar.

—Em sap greu, *darling* —va contestar ella—. No m'havies dit que la visita seria tan... multitudinària. Qui són totes aquestes **ADORABLES** criatures? —Ho va dir amb una veu ronca que fingia ser suau, però per l'expressió de la cara de seguida vam captar que no li semblàvem gens adorables.

La llibreta de la Zoè

Les nenes al món

Sabíeu que en alguns països...

- els pares encara prefereixen el naixement d'un nen abans que d'una nena?
- l'educació de les nenes es deixa de banda a favor de la dels nens?
- una nena pot ser venuda pels seus pares per aconseguir diners per a la resta de la família?
- les nenes treballen des de petites, caminen quilòmetres cada dia per anar a buscar aigua i no van a l'escola?
- les nenes són esclaves, les maltracten i no tenen cap oportunitat de sortir-se'n?
- Per això LES NENES HAN D'AJUDAR-SE*. TOTES SOU GERMANES!

la Rose

Professió

És l'assistenta personal del pare.

Ocupacions

Tot allò que el pare no té temps de fer (comprar-li les entrades per al cinema, recordar-li les cites... és a dir, **organitzar-li la vida!**).

Defectes

Cap.

Trets d'identitat

Fa molt bona olor.

Aquesta és la Rose

Amanda, quina sorpresa!

On ens havíem quedat...? Ah sí, en l'arribada de... l'Amanda, la nòvia del pare. Allò sí que em va sorprendre. Aquella dona horrorosa que feia aquella pudor de perfum embafadora i estranya... La que portava la jaqueta de pell de lleopard i tones de maquillatge... Aquella era la nòvia del pare? A més, tenia un altre defecte imperdonable: en Nails, un antipàtic gat d'angora. **BRRRRRR!** Però què hi veia el pare, en aquella dona? Si no s'assemblava gens a la mare!

—I aquesta nena tan maca? —va preguntar l'Amanda atansant-se a la Liseta—. Quins cabells més bonics, tan arrissats i suaus! *Darling*, és igual que tu.

El pare va riure. La Liseta **NO** es podia assemblar a ell perquè **NO** era la seva filla.

—La Zoè és la que tens al darrere —va dir assenyalant-me—. Reina, no t'amaguis...

Aleshores l'Amanda em va mirar i em va allargar una mà freda.

—I tu què ets, un noi o una noia? —va preguntar després adreçant-se a l'Àlex.

—I vostè —s'hi va tornar l'Àlex, enfadada—, per què porta un ENORME gat mort com a jaqueta?

—Quina *criatura* més adorable! Potser una mica impertinent, no t'ho sembla, *darling*?

Però el pare parlava per telèfon i no havia seguit la conversa!

Quina ràbia!

Amanda

Nacionalitat
Desconeguda. Té diversos passaports.

Tret d'identitat
S'envolta d'un núvol de perfum pudent.

Addiccions
El mòbil. En té tres!

El pitjor malson
Quedar-se sense bateria!

Estat civil
Divorciada, quatre vegades!

El seu desig
Aconseguir el marit número cinc: el pare, aaahhh!

Aquesta és l'Amanda, la meva madrastra

Cita a les golfes

Després de la *topada* vam decidir anar a reunir-nos amb la Matilda a les golfes, **lluny** de l'abast de l'Amanda i dels desenvolupats pavellons auditius de l'estimat Nails. La Matilda es va presentar a la cita carregada amb un munt de delícies de xocolata. Ja us havia dit que som germanes, oi? Doncs bé, compartim la mateixa passió...

—Em ve l'al·lèrgia només de mirar-te —va rondinar en Marc mentre l'Àlex devorava una magdalena coberta de xocolata glassejada. Us he explicat que en Marc també és al·lèrgic a la xocolata?

La Liseta i la Matilda van riure.

—Bé, Zoè, recapitulem —va demanar la Matilda.

—**Molt bé!** —vaig dir—. Fins ara tenim el següent: ha *desaparegut* una escultura de gat del Museu del Louvre mentre, a la sala del costat, el pare celebrava una festa.

—És incomprensible! —va exclamar l'Àlex—. No entenc per què els lladres volen un gat que no és electrònic, **i ni tan sols porta piles!**

—El més important és que, per a la policia, el pare és el **PRINCIPAL SOSPITÓS** —va dir la Matilda.

—Haurem de començar pel principi —vaig dir, reflexiva.

—I quin és el principi, Zoè? —va preguntar la Liseta.

—El *lloc del crim* —va dir en Marc.

—El Museu del Louvre! —vaig exclamar.

TIC, TOC, TIC, TOC.

—Què és aquest soroll? —vaig preguntar.

COFF, COFF!!

Vaja! En Marc tenia un altre atac de tos! Es va posar les mans al pit, assenyalant la porta, i aleshores...

—Sóc jo —va dir l'Amanda, i va entrar a les golfes—; per ser més exactes, els talons de les meves sabates de pell de cervató. Oi que fan un sorollet deliciós?

Ara n'havia fet un gra massa... Vam fugir corrents escales avall! Bé, tots no. La Liseta es va quedar a les golfes xerrant amb l'Amanda.

Que fort!

Cita a les golfes

La llibreta de la Zoè

Cacau i xocolata

La xocolata s'elabora amb llavors de cacau, originàries d'Amèrica. El cacau va arribar a Europa de la mà dels conqueridors espanyols. Ben aviat, els europeus van adoptar la xocolata com una menja deliciosa.

Els maies consideraven la xocolata una beguda de reis i déus. En deien *xocolatl.*

Té moltes propietats benèfiques i, a més, és boníssima.

Pastís de xocolata de la Zoè

INGREDIENTS

200 g de xocolata negra
200 g de sucre
3 ous
200 g de mantega
Una mica de mantega per greixar el motlle o un paper de forn
Una cullerada sopera de farina

ESTRIS

Un motlle de pastís
Un bol per barrejar els ingredients
Una cullera de pal
Forn preescalfat a 180º

PREPARACIÓ

Atenció!, abans de començar, cal que demanis ajuda a un adult la primera vegada, i sempre que hagis de fer servir el forn.

1. Fon la xocolata i la mantega en una cassola o al microones.
2. Barreja-ho amb el sucre, els ous i la cullerada de farina.
3. Greixa el motlle amb la mantega o bé cobreix-lo amb el paper de forn.
4. Aboca-hi la barreja i fica'l al forn, preescalfat, entre 15 i 20 minuts, fins que es formi una crosta brillant i cruixent al damunt i quan punxis el pastís amb un ganivet en surti humit.
5. Gaudeix-lo amb els amics!

On és la Liseta?

Després de sortir escopetejats de les golfes, ens vam refugiar a l'habitació de la Matilda. QUE GUAI! Les parets eren plenes de pòsters de grups musicals i hi havia molta roba per als seus concerts. Llàstima que la Liseta no hi fos. L'hi hauria encantat... especialment la roba!

La Matilda va seure a terra.

—Per entendre aquest robatori ens falta una cosa...

—Què? —va preguntar l'Àlex.

—És molt fàcil —va dir en Marc—. En totes les històries de misteri hi ha d'haver un *mòbil*. Que no és un telèfon! —va aclarir rient—, és el **PERQUÈ**.

—Ja ho tinc! —vaig exclamar—. I si la raó fos descobrir la clau per trobar la tomba de Cleòpatra i Marc Antoni? —vaig dir assenyalant el diari—. Per trobar el lloc cal tenir el gat, oi? Potser a la tomba hi ha alguna cosa que el lladre vol aconseguir.

—Molt bé, Zoè! —va dir la Matilda—, pot ser una bona pista per trobar-lo.

Aleshores va entrar la Rose amb una gerra de llimonada fresca deliciosa!, i ens va dir en un to més d'advertiment que d'informació:

—L'Amanda us busca.

COF!! COF!!

En Marc va començar a tossir una altra vegada i es va tornar vermell.

COFF, COFFF!!!

—M'estic ofegant un altre cop! —va exclamar—. Segur que és a prop! No ens deixarà **mai** en pau?

L'embafador perfum de l'Amanda i ella mateixa van irrompre a l'habitació.

—Per què m'heu deixat amb la paraula a la boca, nenets *impertinents*? —va preguntar molt enfadada mentre entrava a l'habitació—. No m'agrada que la gent fugi corrents quan hi arribo jo.

GLUPSSS!

—Encara sort que aquella criatura rinxolada és una mica més educada que vosaltres... Com es diu? *Sosseta*, oi? —Va riure malèvolament.— Pobra criatura, li he promès un premi per portar-se bé.

Ens va clavar els ulls mentre amanyagava el seu gat.

—Aquest cau té moltes possibilitats... —va dir, després de donar una ullada al voltant.

—Sí, Amanda —va assentir la Matilda.

—Quan jo mani aquí ja m'encarregaré que aquestes parets es converteixin en cambres frigorífiques per als meus abrics de pells. Els pobres... passen tanta calor a l'estiu...

—És clar, Amanda —va repetir la Matilda—, *pobres abrics*...

—No suporto els «sí, Amanda» i «és clar, Amanda»! Em treuen de polleguera! I el teu grup sona com un gat escorxat!

En Nails va acabar la frase amb un **MÈÈÈUUU** ben poc musical.

L'Amanda va sortir tal com havia entrat i va deixar al darrere un rastre pudent de perfum. I la vam sentir cridar des de les escales:

—He vingut a avisar-vos perquè us prepareu! Donaré una festa en honor de l'ambaixador de Rusku, un *gran* amic meu, i no vull que em deixeu malament.

La Kira es va aixecar amb un salt i li va bordar (en clau).

BUB, BUB!

(Traducció: «Amanda, ets una impresentable, i en Nails també!». Enteneu el llenguatge caní?)

Per cert, **on s'havia ficat la Liseta?**

THE
KI
BLONDY
NY
PHOE

Atenció!

A la base del gat hi ha un jeroglífic que indica la localització exacta de la tomba de Cleòpatra i Marc Antoni. Segur que això és el que busca el lladre (o la lladre!).

Si la Kira parlés!

Els gossos també es comuniquen. Per a això utilitzen la mirada, els moviments de la cua i les orelles, i la veu, el lladruc. Podeu aprendre a entendre el vostre gos!

El llenguatge del

Vull jugar!

Ulls suplicants, bellugueig de la cua i potes del davant estirades cap al seu amo.

Estic molt content!

La cua es belluga cap als costats.

Estic enfadat

Cua abaixada o entre les potes.

Què passa? Estic molt atent

Orelles aixecades i molt dretes.

gossos

Tinc por

Orelles cap al darrere, molt enganxades al crani.

Sóc el teu gos!

Ajagut boca amunt amb les potes encongides.

Les joies de l'Amanda

On era la Liseta? No només havíem de buscar un gat *robat* sinó que ara havia desaparegut la nostra amiga Liseta. I què havia volgut dir l'Amanda amb això del premi?

BUB! BUB!

La Kira em va empènyer fins a la porta de l'habitació de l'Amanda. Potser la Liseta era allà? O, encara pitjor, potser hi era l'Amanda?

—L'Amanda no hi és! —vaig assegurar.

—I tu com ho saps? —va preguntar en Marc.

—Perquè no t'ha agafat un atac de tos, ho veus?

—És cert —va dir en Marc, tocant-se el pit, sorprès.

Només faltava esbrinar si la Liseta era dins de l'habitació.

—Això és fàcil —va dir l'Àlex, i va treure un aparell—: us presento el meu *detector d'emocions* —va explicar—. Si la Liseta és aquí dins estarà contemplant extasiada els modelets de l'Amanda. L'índex d'emoció es dispararà!

—I ara quant marca? —va preguntar en Marc.

—Un noranta-nou per cent! —va desvetllar l'Àlex.

En Marc i jo vam dir alhora:

—La Liseta és AQUÍ!

PLIS! PLAS! POFFF!

A través de la porta vam sentir un terrabastall i el soroll d'una caiguda al final. Vam empènyer la porta i hi vam entrar. La Liseta, vestida amb un modelet de l'Amanda i amb sabates de taló alt, havia ensopegat i havia caigut.

—Oi que estic *divina*? —ens va preguntar sota una pamela guarnida amb fruites.

—Liseta, sembla que no entenguis les coses! —va exclamar en Marc—. De què t'ha servit l'entrenament al galliner? I mira que t'he demanat moltes vegades que et llegissis el *Manual de l'Agent Secret per a Principiants*! —es va queixar.

—Lliçó número trenta-dos: *Mai no t'has de quedar sola amb l'enemic* —va recitar l'Àlex.

—Deixeu-me estar! —va protestar la Liseta molt digna, mentre es treia la pamela d'una estrebada—. És evident que no sóc tan perfecta com vosaltres: un rosegador de paper d'impremta i una boja pels cables!

—I tu què, que ets una beneita amb rínxols d'or! —va respondre en Marc, molest—. Una ameba amb manicura!

—Menjapapers! —el va atacar la Liseta molt enfadada.

—Destroçaassecadores! Embussadutxes! —va contraatacar en Marc posant-se vermell, molt **VERMELL**.

COFF, COFF!!!

—Mira, ja comences a tossir una altra vegada.

—Per què es deu posar tant de perfum, aquesta dona? —va preguntar l'Àlex—. Aquesta habitació fa **FERUM**!

Doncs sí: l'Amanda havia convidat la Liseta a la seva habitació amb la promesa que li donaria un premi. Un premi per ser educada i no sortir esperitada com nosaltres.

—Mireu les seves joies! —va exclamar la Liseta, impressionada—. M'ha dit que em deixarà un dels seus collarets.

—**UFFF!** —va dir l'Àlex—. Per què deu necessitar tanta quincalla? Si almenys es poguessin utilitzar per fer fotos, o per escoltar música...

A l'habitació hi havia cofres, i joiers, i estoigs amb fons de vellut negre amb perles i diamants i robins i safirs que brillaven a dins. Semblava el tresor d'Alí Babà! I, enmig de totes les joies, dos collarets de granadura de quars rosa pràcticament iguals, llevat que un tenia un

Les joies de l'Amanda

fermall amb la forma d'una serp estranya que brillava intensament...

—Aquest collaret és especial —va dir la Liseta—. Ho noto!

I aleshores el va treure de l'estoig i el va tocar. I el collaret va començar a brillar, més i més, fins que l'habitació es va tenyir d'una estranya llum rosa.

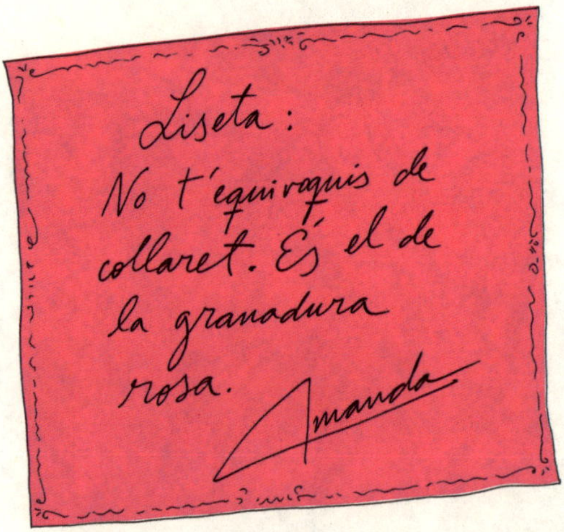

GLUPSSS!

Calia elegir-ne un.

—Quin trio? —va preguntar la Liseta.

—Cap —va proposar l'Àlex.

—Això, mai —va dir la Liseta, donant-los al Marc per observar-los—. El que brilla o el normal? —ens va preguntar.

Aleshores la Kira va agafar amb les dents el que tenia el fermall i desprenia aquella estranya llum rosa i va fugir corrents de l'habitació.

Les notes d'en Marc

Joies amb història

La perla "Peregrina"

La perla més famosa del món és la *peregrina*. Va ser descoberta a l'arxipèlag de Panamà al segle XVI i va passar a formar part de les joies de la Corona d'Espanya.

El diamant groc dels Maharages de Baroda

El *diamant groc* dels maharages de Baroda va pertànyer durant 500 anys al tresor d'aquests aristòcrates hindús.

El Koh-i-Noor

El *Koh-i-Noor* va ser el diamant més gran del món i tenia més de 5.000 anys d'antiguitat. La pedra va passar per les mans de diversos emperadors a la regió de l'Índia fins que va formar part de les Joies de la Corona d'Anglaterra amb la reina Victòria.

Una pista pels pèls

El matí de l'endemà vam anar al museu. La recerca començava...

—Podríem aprofitar la visita per donar un cop d'ull a l'obra mestra de Leonardo —va proposar en Marc—, *La Gioconda*!

—Pensava que es deia Monna Lisa —va dir l'Àlex.

—És el mateix! —va explicar en Marc—, se l'anomena de totes dues maneres.

La Matilda va aprovar la proposta i hi vam fer cap. En Marc va ser el primer a descobrir el quadre sota el vidre que el protegia.

—És impressionant.

—A veure? —va dir l'Àlex, i s'hi va acostar amb una lupa per observar-lo a través del vidre.

Un vigilant va venir cap a nosaltres; semblava enfadat.

—Ep, senyoreta! —va dir adreçant-se a l'Àlex.

—M'ho diu a mi? —va preguntar l'Àlex amagant la superlupa darrere l'esquena.

—Sí, sí, vostè... No està permès acostar-se tant a les obres. Aparti-se'n, sisplau.*

—Ah!, doncs jo crec que és falsa...

LA MONNA LISA!!!

En Marc la va apartar, indignat. *La Gioconda*, l'obra mestra de Leonardo!

—Com vols que exhibeixin una obra falsa en un museu, ximpleta de l'era digital? —va dir el noi, indignat.

—Així no hi hauria perill que la robessin —es va defensar l'Àlex.

La Liseta la va agafar de la màniga i es va adreçar a la Matilda.

—Som-hi! —vaig dir—, anem per feina.

—Tu manes, Zoè. —En Marc va sortir el primer cap a la sala de les antiguitats egípcies.— Oh, no! Tenim un problema...

—Però si ja hem passat l'entrada... —va dir l'Àlex.

—Sí, però no serà fàcil entrar a la sala on s'exposava el gat... Mireu!

Era cert.

Un grup d'operaris treballava en el muntatge d'una exposició sobre la vida a Egipte, precisament... en aquella sala. Un gran rètol n'impedia l'accés.

NO HI PASSEU!

—Què us aposteu que aconsegueixo que hi entrem? —ens va desafiar la Liseta, encara molesta per l'episodi de l'habitació de l'Amanda—. Ara veureu per a què serveix la meva bossa —va dir mentre hi ficava la mà i hi remenava a dins.

Aleshores va treure, en aquest ordre: benes, ombra d'ulls, perruques, un papir* i paper d'alumini de xocolatina. Que potser era màgica, la bossa de la Liseta? Hi cabia de tot!

La Matilda va començar la nostra transformació: un embenatge per aquí, una mica d'ombra d'ulls allà i... fet! Semblàvem realment una colla d'egipcis!

—Jo no vull anar de mòmia! —va exclamar l'Àlex—. Per què m'ha de tocar sempre la pitjor disfressa?

El vigilant que havia renyat l'Àlex ens va mirar. La Liseta li va somriure, dissimulant.

—No ens treu els ulls del damunt! —va xiuxiuejar la Matilda, i li va somriure.

MMMM...

La Liseta va sacsejar la cabellera i va tocar el collaret que havíem agafat com a *préstec* del joier de l'Amanda.

—L'has portat? —va preguntar en Marc, sorprès.

—Oi tant! —va dir la Liseta joguinejant amb la granadura—. Encara que no surt al *Manual de l'Agent Secret per a Principiants*, he estat provant els seus poders...

De sobte, el collaret va començar a emetre aquella estranya lluïssor rosada. El vigilant va apartar la mirada, va posar els ulls en blanc i... va començar a xiular una cançoneta, aliè a la nostra presència! Aleshores, amagant-nos entre les figures egípcies de l'exposició, ens vam esquitllar dins de la sala. Quina mena de poders tenia el collaret de l'Amanda?, ens vam preguntar. Quan brillava, la gent es tornava ximple i embogia...

per la MÚSICA!

Les notes d'en Marc

Els meus museus favorits:

el Louvre

El Louvre és el museu més visitat del món i, per la riquesa de les seves col·leccions, el més important. És emplaçat a l'antic palau dels Reis de França des de la seva obertura al públic el 1793. Conté obres d'art des de l'antiguitat fins a l'impressionisme. Algunes de les més rellevants són:

La Gioconda
de Leonardo da Vinci

Probablement és el quadre més famós del món. Leonardo da Vinci el va pintar entre els anys 1503 i 1506, i la model podria haver estat la seva veïna, la Monna Lisa, esposa de Francesco Bartolomeo del Giocondo. Fa segles que pertany a l'Estat francès. El 1911 va patir un intent de robatori i des d'aleshores està protegit rere un vidre enmig de grans mesures de seguretat.

La puntaire
de Johannes Vermeer

És una de les obres mestres del pintor holandès. Pintada entre els anys 1669 i 1670, és una de les seves obres de mida més petita. La pintura, de gust exquisit, se centra en la figura d'una jove puntaire. Els colors i la llum creen una gran sensació d'intimitat.

La Venus de Milo

És una escultura de marbre de dos metres d'alçada. No se sap del cert qui en va ser l'autor, tot i que alguns historiadors de l'art creuen que pot ser obra d'Alexandre d'Antioquia. És una de les peces més famoses del món, i la més representativa del període hel·lenístic de l'escultura grega. Podria haver estat esculpida entre els anys 130 i 100 aC. Representa Afrodita o Venus, la deessa de la bellesa i de l'amor.

La Victòria de Samotràcia
de Pithókritos de Rodes

Magnífica escultura del període hel·lenístic, fa prop de dos metres i mig d'alçada i data de l'any 190 aC. És una composició de gran dinamisme i bellesa. Va ser trobada en una excavació al santuari de Cabiros, a Samotràcia, i simbolitza el triomf dels habitants de Rodes en una batalla naval.

Els trucs de l'Àlex

*Al museu

- NO t'acostis massa a les obres.
- NO parlis en veu alta.
- NO corris.
- NO mengis.
- NO beguis.
- NO et barallis amb els teus germans (si en tens).
- NO posis cara de babau si no entens alguna cosa.
- NO diguis que això és tan fàcil que ho podries haver fet tu o el teu germà de tres anys.
- I NO toquis RES.
- NO deixis de preguntar allò que no entens.
- I, sobretot, pensa que NO ha de ser avorrit, malgrat els punts anteriors.

Papir →

***Papir**: és l'antic suport d'escriptura dels egipcis. Es feia amb una planta aquàtica anomenada *papiro*, molt comuna al riu Nil. És l'origen de la paraula *paper*.

La banda dels faraons

—Zoè, ho hem aconseguit! —va exclamar la Liseta.

SÍÍÍÍ!!!

—Ssssst, no feu soroll —va xiuxiuejar la Matilda—. En aquesta sala va tenir lloc el robatori.

—Doncs hem de trobar alguna pista que ens permeti descobrir els lladres —va dir en Marc.

De cop i volta, ens vam trobar rodejats de vigilants i operaris atrafegats, i també de sarcòfags i mòmies egípcies... **Uff!** I la veritat és que ens sentíem com peix a l'aigua. Més que la Banda de la Zoè semblàvem **la Banda dels Faraons!** Al centre de la sala, una peanya buida indicava el lloc on havia estat emplaçada l'estàtua del gat. En Marc s'hi va acostar.

—Efectivament, aquí diu que al jeroglífic de la base de l'estàtua hi ha la pista per trobar la tomba de dos amants immortals: **Cleòpatra i Marc Antoni**.

—També hi diu altres coses...

La Liseta va treure unes ulleres de la bossa i es va inclinar sobre la placa.

—**Oh! Oh!** —va cridar excitada.

—Ja hi som! —va dir l'Àlex—. Que t'has trencat una ungla? O potser el color dels sarcòfags no fa conjunt amb la paret?

La Liseta va aixecar el cap, ofesa, i el va mirar amb els ulls entretancats.

—Pestanyes —va dir lentament—, i juraria que són postisses...

Un parell de pestanyes solitàries descansaven sobre el lloc on hi havia hagut l'escultura.

—Les hauríem de recollir! —va exclamar en Marc—. Poden ser una pista important.

—Liseta! —va ordenar l'Àlex—. El collaret, afanya't!

Sense perdre un segon, la Liseta va tocar el collaret delicadament i tots els treballadors i visitants del museu van començar a xiular!

—**Caram, que bé que sonen, tots plegats!** —va dir l'Àlex, sorpresa.

—Vinga, som-hi, deixa't estar de música, anem per feina!

En Marc va aixecar la campana de vidre i l'Àlex, amb unes pinces, va agafar les pestanyes i les va guardar en una bosseta de plàstic.

—**Ara!** —vaig cridar.

I aleshores vam arrencar a córrer i vam sortir d'allà, de *perfil*... com els egipcis de les pintures que hi havia a la sala. Tan sols ens hauria pogut delatar la Kira, que en aquell precís instant va bordar.

BUB!

Les notes d'en Marc

Claus per entendre l'art de l'antic Egipte

Per què representa gairebé sempre faraons i déus?

Perquè la major part de l'art egipci té un caràcter religiós o funerari.

Per què les figures són de mides diferents dins d'una mateixa pintura?

Per determinar-ne la importància. Els personatges més rellevants es pintaven més grans (el faraó, per exemple, sempre era la figura més grossa).

Per què les estàtues sempre miren de front?

Aquesta tècnica es coneix com la «llei de la frontalitat». Aquestes escultures estaven fetes per ser vistes de front.

Com van construir els egipcis les piràmides fa prop de 5.000 anys?

Perquè les matemàtiques i les arts aleshores ja estaven molt desenvolupades.

Per què no s'han conservat restes de cases ni d'altres edificis, a part dels temples funeraris?

Perquè els temples es construïen amb pedra tallada en bloc, mentre que els habitatges i les muralles els feien d'adob, que és una barreja de fang i palla i no es conserva tant de temps com la pedra.

Atenció!

El lladre o la lladre ha deixat un parell de pestanyes al lloc del robatori. Si els nois aconsegueixen esbrinar a qui pertanyen... hauran trobat la persona que es va endur el gat del museu!

El sopar amb l'ambaixador

Amb la bosseta de les pestanyes a la butxaca, vam tornar escopetejats cap a casa. El temps passava de pressa i ens havíem de preparar per al sopar de l'Amanda.

La Liseta va entrar a la casa cridant: «No tinc res per posar-me!», i va començar a treure vestits i a emprovar-se'ls (i a descartar-los, després de consultar l'opinió de la Kira). Després de la trenta-dosena prova davant del mirall, la cara de l'Àlex va adquirir un estrany color **verd**...

—Em sembla que vomitaré! —va exclamar—. **ARGGG!**

—Però si només m'he emprovat trenta-dos vestits... —va protestar la Liseta—. O potser trenta-tres?

Al final la Rose ens va portar la solució al problema: el pare havia comprat roba per a tots! I l'havia encertat... amb el rosa per a la Liseta, és clar.

La Matilda estava realment **espectacular!**

I va arribar l'hora de sopar. No sé si mai heu vist un ambaixador de debò. Si no és així, haig de dir que val la pena. Jo, al galliner, mai no n'havia vist cap i això que allà hi entra i en surt mooolta gent. Bé, potser hauria de dir

que hi entren més gallines que no pas persones. Encara que les gallines es pensin que són gossos.

L'ambaixador de la República de Rusku tenia una panxa enorme, parlava amb un accent estrany i feia petons a la mà a totes les dones, fins i tot a l'Àlex, la Liseta i a mi.

—Estimada senyorrra, perrrmeteu-me —va dir inclinant el cap sobre la mà de l'Amanda, que havia entrat a la sala amb el gat i amb un vestit recarregadíssim. En Nails va ensenyar les dentetes...

GRRRR.

—Aparti's, Moskaiowski, que m'està aixafant el vestit, i és una creació de l'estimat Jean-Paul —va protestar l'Amanda.

—Disculpi la meva poca trrraça, *madame*; perrrò és que la seva bellesa em trrrasbalsa i fa que em comporrrti com un burrrrd *okapi** indigne del seu saló.

El pare va saludar l'ambaixador, que va anomenar «Moska», amb una palmellada a l'esquena. I ens va anunciar que havia preparat una sorpresa musical per acompanyar el sopar:

FRENCH CONNECTION!

—Genial! —va exclamar l'Amanda, saltant d'alegria.

L'Àlex em va mirar, estranyada.

—No ho entenc... Que no havia dit que el grup sonava com un gat escorxat? L'Amanda em provoca una sensació mooolt raraaa —va dir.

—**Ssssst!** —va protestar l'Amanda—. Aquests galifardeus no ens deixen escoltar la bona música!, *darling*...

ARGG! Els comentaris de l'Amanda causaven un estrany efecte a l'Àlex, que s'anava tornant d'un to verdós!

—Merrravellosos! M'agrrradarrria que vinguessin a Rrrrusku a donarrr un concerrrt —va dir l'ambaixador.

L'Amanda es va alçar de la cadira i va començar a aplaudir amb entusiasme.

—Bravo! —va exclamar—. Aplaudeix tu també, Nails!

I aleshores... **AARGGG!**

L'Àlex va vomitar sobre el vestit de l'Amanda!

—Em sap greu —es va disculpar—. *Alguna cosa* se m'ha posat malament...

—Ecs, quin fàstic! —va cridar l'Amanda—. La creació exclusiva del meu estimat Jean-Paul! Aquesta nena, o el que sigui, és una *terrorista* de la MODAAA!

L'Amanda va anar a canviar-se de roba, molt enfadada. Quants vestits devia tenir aquella dona? Quan va marxar, el pare va començar a parlar del cas del robatori del gat mil·lenari.

—La policia encara no ha trobat cap pista —va desvetllar.

—La policia no ho sap tot! —va dir l'Àlex—. Nosaltres tenim una *pis*...

—Què deies, estimada? —va preguntar l'Amanda melosa, que aleshores entrava a l'habitació.

—**Ai!** —va cridar l'Àlex. La Liseta li havia clavat una trepitjada per fer-la callar. Uf!

—Volia dir una *pis... cina* —va aclarir la Liseta—. És que fa tanta calor...

—Perrrò si estem al mes de marrrç! —va exclamar l'ambaixador—. I, a més, fa un frrred que pela!

L'home no entenia res. L'Amanda va amanyagar en Nails; els ulls del gat van brillar amb malícia... Ells sí que havien entès perfectament el que havia volgut dir l'Àlex! Una piscina... **I un be negre amb potes rosses!**

***Okapi**: és un dels animals més estranys que existeixen.

Té cap de girafa i cos de zebra!

El diari de la Liseta

Els colors

El **rosa** és el meu color preferit.

El **vermell** és el color preferit de la Zoè.

El **groc** és el preferit d'en Marc.

El **blau marí** és el preferit de l'Àlex.

ELS COLORS BÀSICS: el vermell, el blau i el groc. Amb aquests tres colors podeu aconseguir-ne tots els de l'arc de sant Martí

Per exemple: Vermell + groc = **taronja**

Groc + blau = **verd**

Blau + vermell = **violeta**

La roba favorita
de la meva germana Matilda

Tancats!

L'endemà del sopar de l'ambaixador, l'Amanda va convèncer el pare que era millor que tots ens quedéssim a casa. **Per culpa de l'Àlex i els seus problemes d'estómac!**

L'Amanda tenia el dia molt ocupat: cita al saló de bellesa, desfilada de John Pallianno... En Pat, el seu assistent personal, s'havia passat tot un dia concertant-li les cites.

—Aquí tothom té un assistent personal? —va preguntar l'Àlex estranyada—. Que mandrosos, no?

L'Àlex tenia raó, semblava que tots en tenien, llevat de la Matilda.

Però el pitjor de tot va ser que l'Amanda va entabanar la Liseta perquè li revelés **quina** era la pista que havíem trobat.

—Ho vaig haver de fer! —va somicar la Liseta—. Em va prometre que em deixaria un vestit de Jean-Paul.

—Doncs ara ja sap que el lladre es va deixar dues pestanyes al lloc del crim... i, a més, postisses! —vaig exclamar.

La tensió anava creixent.

—Haig de sortir de totes totes! —va esclatar en Marc—. Ja he acabat el tercer volum de *Reines d'Egipte*, i el primer i el segon... Necessito el quaaaaart!

—He, he! —va riure la Matilda—. Jo també haig de sortir, tenim una gira de **FRENCH CONNECTION** i ens hem quedat sense guitarrista!

—Està decidit —vaig dir seriosa—, sortirem de casa peti qui peti.

—Hi estic d'acord, Zoè —va dir la Matilda—, anirem a esbrinar l'origen de les pestanyes i, de pas, buscarem un nou guitarrista per al grup.

Dit i fet!

—Però primer hem de burlar la vigilància de l'Amanda —vaig dir.

BUB, BUB!

(la Kira també volia dir-hi la seva...).

—Sí, és clar! —vaig traduir el llenguatge caní—. I l'estimat Nails!

—Però com ens ho farem? —va preguntar l'Àlex.

—Amb en Nails ho tenim fàcil —va dir la Liseta mentre es tocava el collaret—, **li encanta la música!**

—He, he... —va riure l'Àlex—. Quan la Liseta faci brillar el collaret de la seva mestressa, es quedarà al·lucinat.

—I l'Amanda? —va preguntar en Marc.

Se'ns havia d'acudir alguna cosa, i de pressa! Ens vam esprémer el cervell... Eren les cinc de la tarda. Cada dia, a aquella hora, arribava una gran furgoneta que recollia els modelets que havia fet servir l'Amanda i els portava a la tintoreria.

—Ja sé què farem! —vaig cridar de sobte.

Utilitzaríem les mateixes armes que l'Amanda. I sortiríem de casa pel propi peu.

Atenció!

Una cosa era ben clar: l'Amanda també anava al darrere del gat! Per tant, no podia ser l'autora del robatori del museu.

Pat

Aquest és en Pat

Nom:
Pat (o Pat-ós, o Pat-ata, segons l'humor de l'Amanda).

Ocupació:
Assistent personal de l'Amanda (és a dir, esclau).

Trets d'identitat:
Mans sempre ocupades amb la bossa, el mòbil, els caramels i el perfum de l'Amanda.

Especialitat:
Trobar endolls per carregar la bateria del mòbil.

El millor:
Li caiem bé!

Qui és aquest noi?

Ja érem al carrer!

—Bravo, Zoè! —va exclamar la Matilda quan ens vam trobar fora de perill.

Ara havíem de seguir el nostre pla.

—Hem de trobar l'origen de les pestanyes per tal d'arribar a la seva propietària —vaig dir—, i així esbrinarem qui va robar el gat.

La Liseta les va examinar amb ull d'expert.

—Mmmm —va dir—, són de molt bona qualitat. Jo diria que estan fetes de cabells humans.

ARGGG. Un calfred em va recórrer l'espinada. L'Àlex va treure una lupa enorme de mil augments.

—Apa aquí, no és cabell humà! És plàstic. Però hi veig alguna cosa escrita... —va exclamar—. I aquí hi ha la marca: *SHEDA*. Què deu voler dir?

En Marc va treure de la motxilla una de les seves guies.

—SHEBA, SHEEBA, SHEDA... Hi ha una ***Madame SHEDA***! —va dir—, i hi consta una adreça. És una botiga —va explicar.

—Encara tenim temps —va dir la Matilda, mirant el rellotge—. Podem anar al *càsting*.*

—I això què és? —va preguntar l'Àlex.

—La prova per trobar el guitarrista —va contestar la Liseta, que coneixia gairebé totes les parauletes estranyes.

Vam agafar el metro per arribar ben aviat a la sala on es feien les proves per a *FRENCH CONNECTION*. La Matilda s'havia posat unes enormes ulleres de sol per no ser reconeguda, però...

—És la Matilda, la cantant de FRENCH CONNECTION!

—La van reconèixer immediatament.

La Matilda va treure el bolígraf especial per signar autògrafs i es va aturar per atendre els seus **fans**. Una estona després ens en vam acomiadar. Havíem d'afanyar-nos... es feia tard. A la cantonada, un noi cantava acompanyat per una guitarra.

—Mira! —el vaig assenyalar a la Matilda—, aquell noi toca molt bé.

—No tenim temps... se'ns escaparà el tren! —va cridar la meva germana i, amb una empenta, em va fer entrar al vagó.

Quan vam arribar a la sala, ja hi havia una llarga cua de candidats. El primer tenia tota la pinta d'un bon guitarrista, és a dir: cabells llargs, caçadora de cuir i samarreta amb una calavera...

TRANNN-RENXXX-CRIIIIII-NXXXXXGGG

...i res més.

—Gràcies, ja et trucarem —va dir la Matilda.

—Això és un *càsting*? —va preguntar l'Àlex traient-se els taps de les orelles—. Ara entenc l'autèntic significat de la paraula **"esquarterat"**!

—El següent! —va dir la Matilda, i va seguir amb la selecció.

Aquest no tenia la pinta d'un guitarrista de banda de rock. Cabells allisats, jersei de pic i sabates ben enllustrades per la mama.

—Tens coneixements musicals? —La Liseta havia pres la iniciativa en l'interrogatori.

—Deu anys al Conservatori. Nivell avançat de clavicèmbal, arpa i tuba...

—Ja veig. I guitarra?

—En sóc un virtuós.

Ualaaaa! (Aquesta era jo.) El noi tocava de por, però el resultat va ser descoratjador.

—Em sap greu, no sabia que buscàveu un guitarrista per a una banda de rock. A mi em va més el clàssic...

La Liseta va interrogar els candidats que quedaven. Dues noies creien que estàvem buscant un intèrpret d'ukelele* i els tres últims només feien veure que tocaven la guitarra. Vam decidir deixar el *càsting* per a un altre dia i vam passar al **Pla B**: buscar l'origen de les pestanyes. En Marc va treure la guia amb el plànol de la ciutat.

—El millor és que agafem el metro per anar a la botiga de Madame Sheda.

I hi vam fer cap. A aquella hora, el metro anava ple de gom a gom. En un passadís la gent feia rotllana al voltant d'un músic de carrer. Ei! Era el mateix noi que havíem vist a l'anada, el que tocava a l'estació...

—Espera, Matilda! —vaig dir agafant la meva germana del braç—, és el noi d'abans. És fantàstic!

—Oi tant —va observar la Liseta—. **I, a més, és guapíssim!**

—És veritat —va dir la Matilda—. És molt guapo!

—Trauré el mesurador de decibels —va anunciar l'Àlex—. Aquest sí que és bo!

Era perfecte.

Es deia Paul.

FRENCH CONNECTION havia trobat el seu nou guitarrista.

Qui ha dit que per trobar alguna cosa cal buscar-la?

El diari de la Liseta

Atenció, *fashionistes*!

Càsting: És una paraula anglesa que fa referència a una prova o audició. Per exemple, en un *càsting* es trien els cantants per a un musical.

Els trucs de l'Àlex

Decibel

És la unitat de mesura del so. El seu símbol és dB. Perquè us en feu una idea i us protegiu del soroll:

MÀX

140 dB	Et fan mal les orelles
110 dB	Concert de French Connection
90 dB	Trànsit al carrer
70 dB	Aspirador per netejar la moqueta
50 dB	Gent al metro
40 dB	Conversa entre la Zoè i la Matilda
20 dB	En Marc xiuxiuejant a la biblioteca
10 dB	Respiració tranquil·la de la Kira
0 dB	Silenci total!

MÍN

***Ukelele**
És un instrument de corda de mida petita, com una guitarreta, originari de les illes Hawaii.

L'hem trobada!

FRENCH CONNECTION tenia un nou guitarrista.

—Paul, em dic Paul —va dir el noi, somrient—, i el que m'agrada més en aquest món és la música.

La Liseta va sospirar, i la Matilda... i fins i tot la Kira va bordar d'una manera *especial*!

En Paul tocava al metro des de feia uns quants mesos.

—Vaig pensar que era una bona manera perquè la gent em conegués, i la vaig encertar!

Formar part de **FRENCH CONNECTION** li semblava **genial!**

—Però si és el meu grup favorit! Perdona —va dir en Paul adreçant-se a la Matilda—, no estava segur que fossis tu de debò... Jo pensava que les estrelles sempre us passàveu la vida anant de la limusina a l'avió.

—Bé, de fet, no estaves gaire equivocat... —va començar l'Àlex—. **Ai!!**

El taló de la Liseta havia tornat a entrar en acció... i l'Àlex, afortunadament, va tancar la boca.

Després d'escoltar la història del robatori del gat i el nostre pla, en Paul es va penjar la guitarra a l'espatlla i va pujar al vagó amb nosaltres.

—Podeu comptar amb mi! Us ajudaré tant com pugui.

—Som-hi! —vaig exclamar, entusiasmada—. Segur que trobarem la pista definitiva i podrem alliberar el pare de tota sospita.

—I tornar l'escultura del gat al museu —va dir en Marc.

—I castigar qui ho hagi fet com es mereix! No sé per què, però tinc una vaga sospita... —va dir l'Àlex.

—No avancem esdeveniments —la va tallar la Matilda, prudent—. Anem cap a la botiga de Madame Sheda.

Vam baixar del metro i vam sortir al carrer.

—No deu ser gaire lluny... L'adreça és aquí —va dir en Marc, assenyalant la seva guia.

BUB! BUB!

La Kira va bordar i em va estirar la màniga. Què devia voler?

—Sí, Kira? —li vaig dir, acaronant-li el caparró.

BUUUUUB!!

—Espereu —va dir l'Àlex—, trauré l'orientador fotovoltaic, mai no falla.

L'Àlex volia girar a la dreta, però la Kira l'arrossegava cap al centre.

BUUUUUUUUUB!!

És clar! Era allà! Al davant dels nostres nassos!

Madame
SHEDA

Era una botiga... atrotinada. Sota del rètol que n'anunciava el nom, n'hi havia un altre de més petit.

Per a un look totalment artificial

Pròtesis

Perruques

Disfresses

Maquillatge

—Que estrany —va dir en Marc—, el més normal és voler ser *natural*, oi?

—No sempre és així; mira l'Amanda! —va respondre l'Àlex.

La porta era oberta i se sentien els crits d'una dona que semblava molt enrabiada!

—Hi entrem? —vaig proposar, però ningú no es va moure ni un mil·límetre.

Que potser els feia por entrar a la botiga de Madame Sheda?

Aquí hi ha gat amagat

Al final ho vam deixar en mans de la sort i va resultar el següent: en Paul, en Marc i la Kira farien guàrdia fora de la botiga de Madame Sheda. I a l'Àlex, la Liseta, la Matilda i a mi ens va tocar entrar-hi.

Una silueta es va retallar al fons i va aparèixer una dona amb un **gat** roncant als seus braços.

—Sssssóc Madame Sssheda —va dir. Pronunciava les esses com el xiuxiueig d'una serp.— i acabo de ssssofrir un contratempssss! **Sssssortiu del mig!**

La botiga era un desgavell d'objectes llençats pertot arreu, com si hi hagués hagut una baralla... o un robatori. I Madame Sheda estava *visiblement* furiosa.

O potser era la seva manera de ser?

—**Ehem!** —va titubejar l'Àlex, confosa.

—Necessitem unes pestanyes... —em vaig avançar abans que l'Àlex ho engegués tot a passeig.

—*Postisses* —va concretar la Matilda.

—He, he! Tot artificial... —va afegir l'Àlex.

—**Com aquestes!** —va dir la Liseta, i després de remenar dins de la bossa, en va treure un paquet petit, juntament amb una agenda gegant, una farmaciola de primers auxilis i una jaqueta per si refrescava.

L'Àlex, perplexa, va ficar la mà dins de la bossa per comprovar si hi tenia més coses, però no hi havia res. Certament, aquella era la bossa més útil que havíem vist mai.

—Deixa-me-lessss veure, nena —va exigir Madame Sheda.

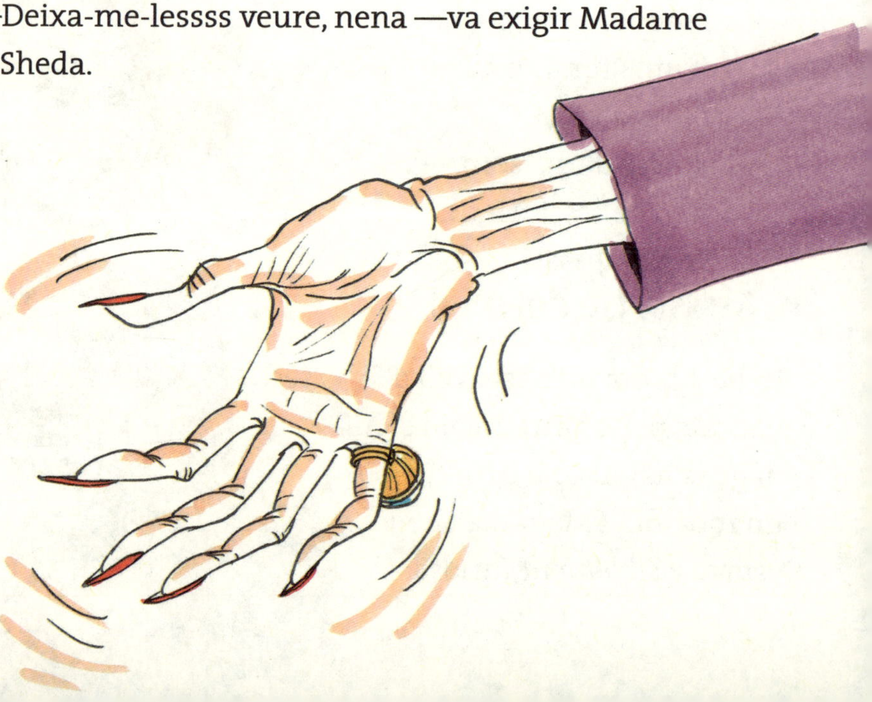

Era una dona ben peculiar. En aparença era jove, o, si més no, no semblava vella. Però quan va allargar els dits cap a la Liseta i vam veure aquella mà coberta de venes i la pell del color d'un papir egipci, tots vam pensar que com a mínim devia tenir **cent anys!**

La Liseta es va tirar enrere, espantada.

—Ti-tingui —va quequejar, i li va atansar el paquet.

—Sssí —va dir la dona—, sssembla que lesss van comprar aquí. Enlloc mésss essss fabriquen amb una qualitat com aquesssta. Però no sssón mevesss! **I no me'n queden mésss!** —va exclamar.

—Les vam trobar al mu... —va començar a dir l'Àlex—. **Ai!**

De nou havia estat a punt d'espatllar-ho tot! Encara sort que la Liseta sempre estava atenta i amb els talons preparats.

—On? —va preguntar Madame Sheda amb interès.

—Al mu... muntacàrregues de la nostra tieta Gladys —va explicar la Matilda—. Volem regalar-n'hi unes d'iguals.

—La pobra ha cremat les seves... —va començar l'Àlex— de tant... *estudiar*...

Madame Sheda se li va atansar, interessada.

—I què? —va preguntar.

—**Pobra tieta Gladys!** —va insistir la Liseta—. Per a ella, el seu aspecte és molt important.

—Doncsss m'agradaria conèixer aquesssta tieta Gladysss vossstra, **POTSSSER TAMBÉ LI AGRADEN LESSS ESSSCULTURESSS DE GAT AMB PINTA D'EGIPCI?** —va preguntar tot d'un plegat, i va deixar anar el seu bruscament—. Sssegur que essstà finsss al capdamunt de sssuportar una colla de nebotsss empipadorsss com vosssaltresss.

—Buf—va dir la Liseta—, no s'imagina com en podem ser, d'insuportables!

—Sssí —va xiuxiuejar Madame Sheda—, em sssembla que m'ho puc imaginar.

—Sisplau, ajudi'ns... Ella sempre ha volgut tenir-ho tot... *artificial*... —va començar a explicar l'Àlex.

La Liseta va aixecar el peu, amb el taló preparat per fer-la callar si calia.

—Sssegur que heu essstat vosssaltresss que li heu cremat les pessstanyesss amb la vostra essstupidesssa —va contestar Madame Sheda.

—Pobra tieta Gladys! —L'Àlex va fingir un sanglot.— Sense pestanyes sembla una... gallina!

Allò va fer enrabiar encara més a Madame Sheda, que va atrapar el gat i el va pessigar.

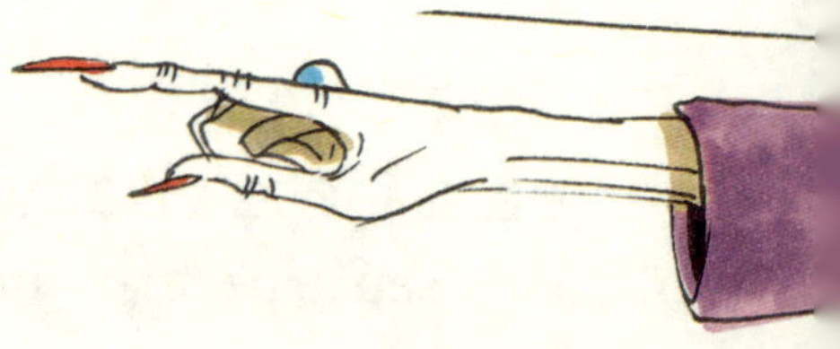

—Gallina... **Ja et donaré jo una gallina!**

Gallina... rossstida, nena repel·lent. Però la vossstra tieta... sssí que m'agradaria coneixe-la —va dir—. Deu anar al Sssaló de Bellesssa del Doctor Yiang, oi? Un lloc molt exclussssiu on no deixen entrar **pollsss** com vosssaltresss —va dir amb els ulls injectats en sang.

—Eeeh... sí —vaig dir—, hi va sempre, al Saló de Bellesa del Doctor Yiang! —vaig improvisar.

—Doncs aneu a bussscar-la allà, colla de malesss bèsstiesss! Toqueu el dosss!

I SSSI VEIEU AQUELL GAT, PORTEU-ME'L AQUÍ!!
I ARA, SSSORTIU DE LA MEVA BOTIGAAA!!!

No li va caldre repetir-ho. Vam sortir-ne a empentes i rodolons, amb l'Àlex al capdavant, i vam córrer fins al lloc on ens esperaven en Paul, la Kira i en Marc.

—Zoè, he descobert una cosa! —va dir en Marc quan ens va veure—. Sabeu què és un anagrama?

—Un *ana*-què? —vaig preguntar, sense alè—. Em sap greu, Marc, però no tenim temps per perdre amb els teus jocs.

—Zoè, és important. Mira què he descobert.

I em va ensenyar el seu llibre:

Anagrama:

Paraula formada amb les mateixes lletres que una altra però en diferent ordre.

Exemples:

ROMA-AMOR
GOTA-TOGA
HOLA-HALO

—Sheda! És l'anagrama d'Hades!

—És veritat! —vaig dir ràpidament—. He notat alguna cosa estranya en Madame Sheda, però no sé què és...

—Jo sí! —va dir la Liseta—. No té pestanyes.

On les devia haver perdut?

Atenció!

Totes les pistes apunten que Madame Sheda és l'autora del robatori al museu, però, si és així, **per què busca el gat?** **I per què té la botiga tan desendreçada?**

Compte, Zoè!

Madame Sheda ha sortit de la botiga per la porta del darrere. Sospita de la tieta Gladys, i té la intenció de seguir **la Banda de la Zoè** per tal de trobar-la. **Llàstima que no sap que la tieta Gladys no existeix!**

***Ralentí.** Nombre de revolucions per minut a les quals ha de mantenir-se un motor per seguir en funcionament.

Les notes d'en Marc

Juguem amb les paraules: **anagrames i palíndroms**

Els palíndroms

Un **palíndrom** és una paraula o una frase que es llegeix igual de dreta a esquerra que d'esquerra a dreta. Per exemple:

ANNA
RADAR
I ARA RAI
NO SAP PAS ON

Les pots llegir del dret i del revés i veuràs que diuen el mateix!

El Saló de Bellesa del Doctor Yiang

Madame Sheda, sense voler-ho, ens havia donat una pista: el Saló de Bellesa del Doctor Yiang. Així doncs, ens hi vam dirigir.

Saló de Bellesa Exclusiu del

Doctor Yiang

TRACTAMENTS ESPECIALS

Llots del Mar de les Llàgrimes

Injeccions de Glàndules de Nyu

Talls i retalls a mida

I a sota del rètol que anunciava els tractaments que oferia el doctor Yiang, n'hi havia un altre que deia:

Club Privat

PROHIBIDA L'ENTRADA A:

Polls i llèmenes

Cucs, escarabats i rosegadors

Nenes!!!

Les noies no hi podíem entrar! Com ens ho faríem, ara?

El Saló de Bellesa del Doctor Yiang

—Espereu! —va dir la Liseta—, qui ha de saber que som nenes? —I va deixar la bossa a terra. Aleshores en va treure una gorra per amagar-se els rínxols, jaquetes de noi i fins i tot un bigoti postís per a la Matilda.

—I jo què? —va preguntar l'Àlex.

—Tu? —va dir la Liseta, i la va mirar de dalt a baix—. Jo crec que a tu no et cal cap disfressa.

El Saló de Bellesa del Doctor Yiang tenia una entrada molt gran, «un *hall*», va precisar en Marc. Era una mena de laboratori enorme. I a la paret hi havia penjat un estrany quadre amb una serp... al costat de les Normes del Club.

Una dona rossa que tenia un aspecte molt semblant a l'Amanda atenia el telèfon.

—Hola, hem vingut a revisar el sistema de seguretat —va anunciar en Paul, i va fer un ample somriure.

—Mmm... no recordo haver-vos trucat —va dir la dona aixecant la vista—. I cal **tota** aquesta gent per fer una revisió?

—Bé, el nostre lema és oferir el millor servei; som un equip *especialitzat* —va contestar en Paul, i li va picar l'ullet.

—Això mateix! Som els millors! —va afegir en Marc.

Vam entrar al saló darrere de la dona. Allò semblava una gàbia de cotorres del zoo! Desenas de dones embolcallades en barnussos i amb tovalloles al cap xerraven sense parar. Tenien la cara empastifada amb unes pastetes verdes o marrons que feien una pudor horrorosa! PUÀ! De poc que no vomitem de tanta pudor que hi feia.

I sota aquell llot enganxós, totes les dones semblaven germanes bessones de l'Amanda!

—Això és un club molt exclusiu —ens va explicar la recepcionista—. Treballem amb els famosos llots del doctor Yiang, que et treuen deu anys del damunt en mitja hora. —Va sospirar.— Però tenen un problema... de fet, dos. Primer: els efectes només duren tres dies..., per això el saló de bellesa sempre és ple! I segon: un altre *problemet*... l'olor. És a dir, la pudor —va dir en veu baixa—; no hi ha manera d'eliminar-la...

—**Quin fàstic!** —va exclamar l'Àlex—. Quina pudor més horrorosa.

—Són els excrements de simi —va aclarir orgullosa la recepcionista—, però són fantàstics per treure arrugues.

—I què són excrements? —va preguntar la Liseta.

—Caca de mico —va explicar en Marc.

—Sí —va afirmar la nostra guia—, ajuda a activar la fórmula del llot. —Va riure.— Però té efectes secundaris... Algunes aprofiten la pudoreta per... ja sabeu què vull dir; si ja hi ha una **pestilència** de claveguera embussada, una mica més no es nota...

Vam avançar entre les dones tapant-nos el nas amb dos dits. Aparentment, elles ni se'n van adonar, de la nostra presència, ja que estaven força ocupades amb les seves *interessants* converses:

—No penso tornar-hi fins que aquell doctoret trobi alguna cosa que funcioni de debò —va dir un clon de l'Amanda—.

Els efectes cada cop duren menys i gairebé diria que semblo més gran de l'edat que tinc!

—Estic totalment d'acord amb tu! —va afirmar una dona llargaruda amb un nas de ganxo, també d'aspecte molt semblant a l'Amanda—. Ens ha d'aplicar l'altre tractament, com ens va prometre. Aquest és una porqueria.

Totes estaven molt esverades. Quin devia ser aquell *altre* tractament més eficaç?

—I com s'ho fan per suportar aquesta pudor tot el dia? —va preguntar en Marc, que ja sentia un pessigolleig familiar al nas.

—Es posen litres i litres de perfum! —va explicar la recepcionista—. Però han de ser perfums força embafadors...

COFF, COFF!!

En Marc va començar a tossir descontroladament.

—Vaja! —vaig dir—. M'ha semblat veure Madame Sheda darrere d'aquella palmera. Però això és impossible!

I l'Amanda? Potser també hi era...?

SALÓ EXCLUSIU DR. YIANG

DESCOMPTES ESPECIALS
PER A LES SÒCIES DEL CLUB HADES

Reducció en la quota a partir del tercer marit
•
Promocions en les pelleteries més prestigioses
•
Perfum d'oferta: Eau de Fer-um

El diari de la Liseta

Els meus trucs de bellesa

1 Cada nit em rento la cara amb aigua freda i les dents amb dentifrici.

2 Em raspallo els cabells amb molt de compte, sense estrebades.

3 Un cop a la setmana m'hidrato la pell amb una MASCARETA DE MEL, LLIMONA I IOGURT, que podeu preparar de la manera següent:

Es necessita:

Una culleradeta de mel
Unes gotes de suc de llimona
Una cullerada sopera de iogurt (natural)

Ho barrejo tot i m'aplico la pasta sobre la cara, on m'ho deixo com a mínim deu minuts. Després retiro bé la barreja i em rento la cara amb aigua ben freda. És genial!

4 I per als cabells... TRACTAMENT A L'OLI D'OLIVA. Un cop al mes m'escampo bé des de la meitat dels cabells fins a les puntes dues cullerades d'oli d'oliva i m'hi faig un massatge amb els capcirons dels dits. Deixo actuar l'oli durant deu minuts i després em pentino bé els cabells, que no hi quedin embulls, i a continuació els rento amb un bon xampú. Fantàstic!

I no fa tanta pudor com els llots del Doctor Yiang...

Els trucs de l'Àlex

Manual de supervivència per a noies modernes

1 Si no tens a mà pasta ni raspall et pots rentar les dents fregant-les ben fort amb el dit. Va bé, tot i que no et deixa a la boca el gust de menta...

2 Si t'has descuidat la pinta, pots passar-te la mà pels cabells (després de rentar-la amb aigua i sabó) per tal d'aixafar-ne aquells que no hi ha manera de mantenir a lloc.

3 Si portes la roba feta un nyap i tota rebregada perquè l'has deixat tota la nit tirada als peus del llit i no et ve de gust passar-te HORES planxant... la pots posar en un penjador al teu costat mentre et dutxes. El *vapor* de l'aigua calenta allisarà les arrugues més REBELS.

4 Si tens les sabates fetes un fàstic i no disposes de betum, que no et passi pel cap netejar-les amb la tovallola del lavabo o la mare et clavarà una bronca que et farà posar els pèls de punta! Fes servir una de les seves tovalloletes desmaquilladores. Ella no se n'adonarà i tu portaràs les sabates tan brillants com si fossin noves!

El secret del gat

Vam arribar a la sala des d'on es controlava la seguretat del local. Des dels monitors de televisió es podien veure totes les sales, totes les senyores i fins i tot l'autèntic Yiang en acció!

—Mireu! —va exclamar en Marc—. Aquella d'allà no és l'Amanda?

Era l'Amanda. I estava asseguda davant del doctor. Tots dos examinaven minuciosament un petit objecte. Semblava que buscaven alguna cosa.

—**I mireu!!** —va cridar l'Àlex—. Allò no és el gat?

—En Nails? —va preguntar la Liseta, despistada—. I com ha arribat fins aquí?

—No! Vull dir el gat **robat**! El del museu... —va exclamar l'Àlex—. És això que té l'Amanda a la mà.

—Àlex —va dir la Matilda—, no podries fer res perquè poguéssim sentir la conversa de l'Amanda i el doctor Yiang?

—Oi tant! —L'Àlex va prémer un parell de botons d'un radiotransmissor que es va treure de la butxaca i de seguida vam poder sentir la veu de l'Amanda!

«Aquella ximple de Madame Sheda el tenia a la botiga. Havia posat el seu gat com a vigilant... A mi doneu-me gatets! He, he, ha estat bufar i fer ampolles! Però ara vostè m'ha d'ajudar a desxifrar les indicacions per poder arribar a la tomba de Cleòpatra i Marc Antoni. El secret de l'Eterna Joventut ha de ser meu!».

EL SECRET DE L'ETERNA JOVENTUT!

—És clar! —va dir en Marc—, sempre s'ha dit que Cleòpatra es va endur aquest secret a la tomba. Ho vaig llegir al segon volum de *Reines d'Egipte*. La fórmula per ser jove per sempre...

—Per això Madame Sheda va robar el gat i per això el buscava l'Amanda —el va interrompre l'Àlex—: Aquelles dones amb la mateixa cara i els mateixos cabells... totes volen el mateix!

PUMM, PUMMM!!

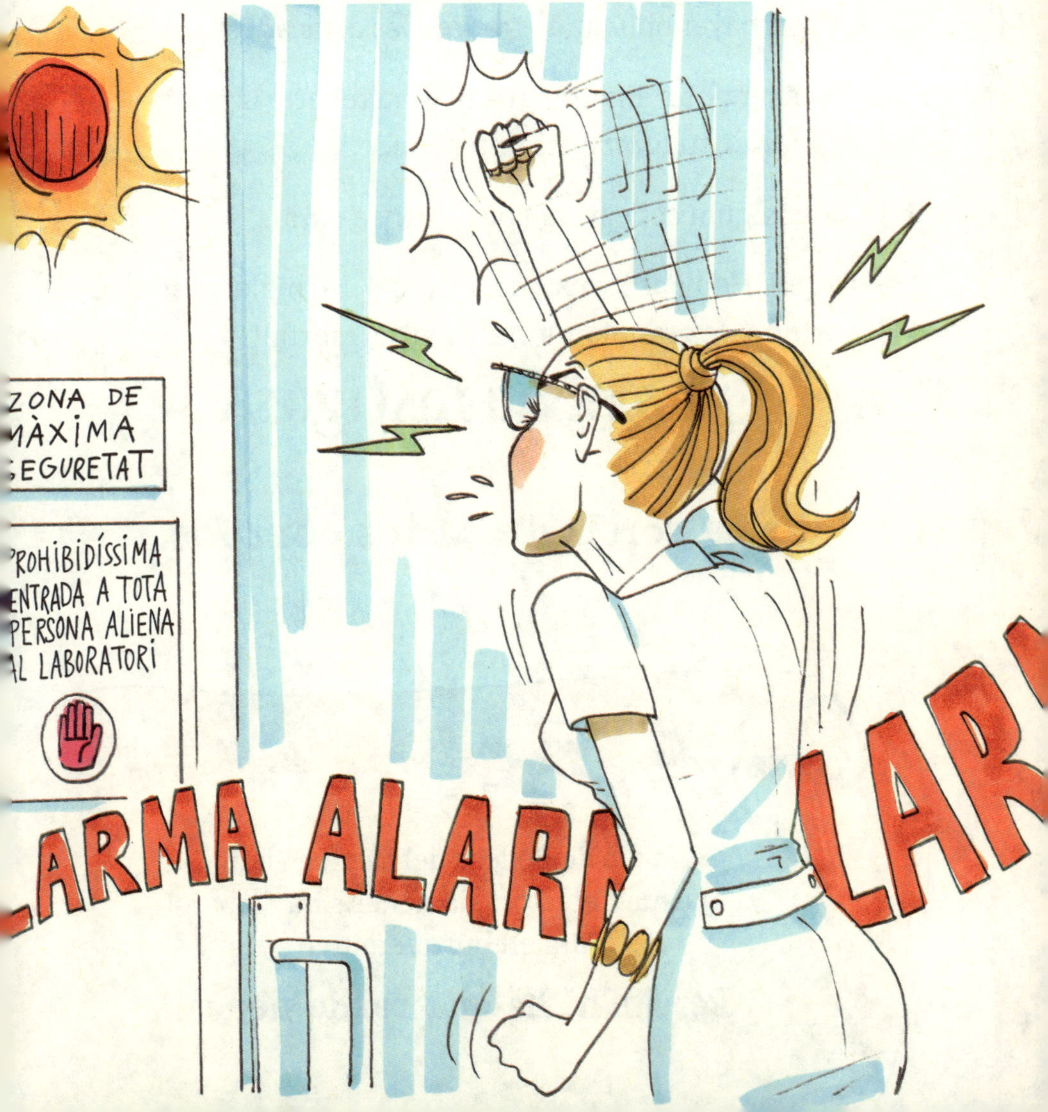

Algú clavava cops a la porta. Per sort, l'havíem tancat amb clau.

—Surtin d'aquí **immediatament**! L'alarma s'ha disparat —va cridar la recepcionista—. Ha detectat una nena. Ajudeu-me a buscar-la! Ha de ser per aquí a prop!

—Segur que la Liseta en té la culpa! —va exclamar l'Àlex—, es deu haver oblidat de treure's les arracades!

—O potser t'han enxampat a tu —va rebatre la Liseta—; al capdavall, tu *també* ets una nena...

La nostra guia copejava la porta sense parar.

—Obriu! Hem de trobar la intrusa! La mala bèstia! La desferra de granota morta! El virus mortal!

La nena fastigosa!!!

Calia sortir d'allà fos com fos.

Compte, Zoè!

Al Saló de Bellesa del Doctor Yiang, l'alarma detectora de nenes s'ha disparat i ara en busquen una.

Però n'hi ha quatre, de nenes!

Gats, gats i més gats

Si la Kira parlés!

Els gats són animals sagrats per a diverses cultures. Són éssers independents, nets i afectuosos, i de cadells són... **irresistibles!**

ls gats sagrats de irmània

ustodiaven els temples udistes. Són de color lar i tenen les orelles el morro foscos.

Els gats abissinis

Són descendents dels gats etíops o egipcis. Tenen les orelles molt llargues i punxegudes.

Els gats d'Angora

Procedeixen de Turquia. Tenen el pèl sedós i els ulls gairebé sempre són de color taronja... **Quin cangueli!**

ls gats siamesos

ón originaris d'Àsia. Tenen mala ama, però en realitat són molt fectuosos.

Els gats de carrer

Tenen set vides (o això diuen). Roben menjar de les escombraries i tenen una gran habilitat per fugir dels gossos del veïnat. **Són els meus preferits!**

El jeroglífic

Estàvem atrapats al Saló del Doctor Yiang, i aquella dona odiosa no parava de clavar cops a la porta. Havíem de sortir d'allà... però encara no... L'Amanda seguia parlant amb el doctor.

—Àlex —va dir en Paul—, pots apujar el volum perquè puguem sentir millor la conversa?

—A les seves ordres! —va exclamar l'Àlex.

Aleshores va manipular els botons de l'aparell i vam sentir la veu de l'Amanda tan clarament com si fos amb nosaltres a l'habitació:

«Ni ho somiï! No tinc cap intenció de donar-l'hi. No ho penso compartir amb aquells espantalls! Sssssssxxxxxxffffrrrcciiirrr-xxxxrrriiiang».

—Què passa? —va preguntar en Marc—. Sembla com si una colla de grills hagués interceptat la conversa.

—Hi ha una interferència —es va lamentar l'Àlex—. Liseta, dóna'm un clip dels cabells, sisplau.

—Ara sí que vols els meus clips, oi? —La Liseta es va treure un clip dels cabells i el va passar a l'Àlex, que el va fer servir per manipular la seva andròmina.

—**Funciona!**

«Rrriannngggxxxxx. No entenc aquest galimaties que van escriure els maleïts egipcis fa dos mil anys! Què és això, un JEROGLÍFIC?».

L'Amanda va arrabassar bruscament el gat de les mans del doctor Yiang i se'l va guardar a la bossa.

—És igual que la meva! —va cridar la Liseta, entusiasmada.

—El què? —va preguntar en Marc—. El gat?

—No, babau, la BOSSA! —va exclamar la Liseta mostrant-nos la seva amb orgull—. Ho veieu? És el mateix model, idèntic! Una edició limitada. La meva té una **L** gravada i la seva una **A**. Una autèntica Louis Pitton.

Mentrestant, l'Amanda no parava de carregar contra el pobre doctor Yiang:

«Vostè és un beneit... Ni tan sols és capaç de traduir una ximpleria escrita per unes mòmies de més de dos mil anys, si fa no fa com les seves clientes!».

En aquell mateix moment es va sentir a l'habitació un soroll encara més fort.

CRRRREEEEEEEECCCCC!!

—La porta! —va cridar en Paul—. Està cedint!

—De pressa —va dir la Matilda—, hem de trobar una sortida!

L'Àlex va començar a treure diferents andròmines.

—No hi ha res que ens serveixi per escapar! Estem atrapats...

—No llancem la tovallola, encara —va dir en Marc—. Kira, busca!

I la Kira va començar a ensumar tots els racons de l'habitació, mentre la porta seguia cruixint amenaçadorament.

CREEEECCC!

Les frontisses estaven a punt de trencar-se.

BUB! BUUUB!

La Kira havia trobat alguna cosa! Al sostre hi havia una tapa de l'aire condicionat.

—Anem per aquí! Som-hi! —va exclamar en Marc.

I ho vam fer. En Paul va ajudar la Matilda a enfilar-s'hi, i la Matilda em va ajudar a mi, i jo, l'Àlex, i l'Àlex, la Liseta, i la Liseta, la Kira.

—Ai! —va gemegar la Liseta—, em despentines...

Mentre sortíem encara vam sentir la veu de l'Amanda, que cridava al doctor Yiang:

«Tant se me'n dóna vostè i els seus fangs pudents! Me'n vaig pitant a la desfilada de Jean Paul, doctor PRINGAT».

I aleshores la porta va fer un últim **CREEEECCC** i es va trencar. Havíem escapat just a temps!

El diari de la Liseta

Atenció, *fashionistes*!

Edicions limitades, què són?

L'Amanda i jo tenim una bossa Louis Pitton d'edició limitada. Una edició limitada és una sèrie d'objectes dels quals es fabrica només un nombre determinat i per a una temporada. **Aconseguir un d'aquests objectes exclusius és el somni de totes les *fashionistes* d'arreu del món.**

Les notes d'en Marc

I a Egipte...

Tots volen trobar la tomba de Cleòpatra i Marc Antoni, però, què hi farem!, potser la trobaran...

Mentrestant penso estudiar **EL SISTEMA D'ESCRIPTURA DELS EGIPCIS.** Els antics egipcis tenien tres sistemes d'escriptura: jeroglífica, hieràtica i demòtica.

L'**escriptura jeroglífica**, la més antiga, es va començar a utilitzar cap a l'any 3.330 aC. Estava composta de signes inspirats en elements de la naturalesa i la vida, com ara animals, plantes o parts del cos. Posteriorment se'n va limitar l'ús als monuments i als elements sagrats.

L'escriptura **hieràtica** és una evolució de l'anterior, més simple, que es feia servir en documents administratius, bàsicament sobre papirs.

La **demòtica**, la més moderna, era més depurada i esquemàtica que la hieràtica. "Demòtica" significa *popular*. Aquest tipus d'escriptura s'utilitzava per a la transmissió literària i en les tasques econòmiques i administratives

Tots aquests símbols van poder ser desxifrats gràcies a la *Pedra de Rosetta*, trobada l'any 1799, en la qual hi ha gravat el mateix text en els tres tipus d'escriptura: jeroglífica, hieràtica i demòtica.

ALFABET EGIPCI

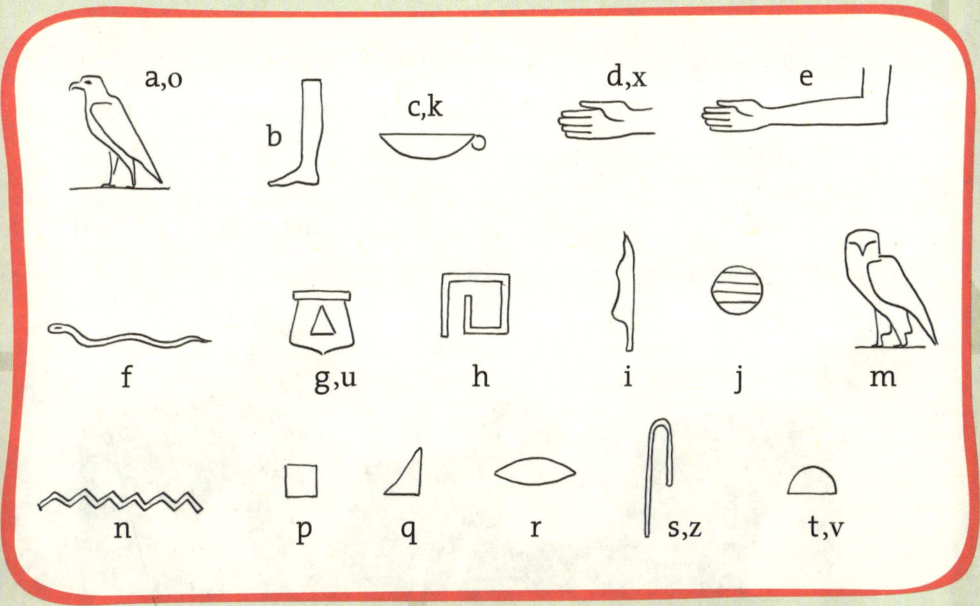

Per tant, ZOÈ, per exemple, s'escriuria així:

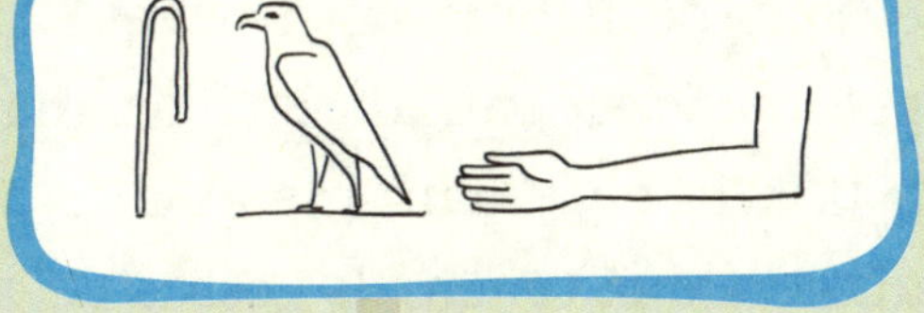

Proveu d'escriure el vostre nom en un full de paper!

Un passeig per les catacumbes

—Ahhh!!! —va cridar la Liseta—. No hi veig gens!

—És clar —va replicar l'Àlex—, estem dins d'un conducte de l'aire condicionat i se suposa que no estan fets perquè s'hi passegin sis persones i un gos!

—I si estem *dins* de l'aire condicionat, per què hi fa tant fred? No podem regular la temperatura?

La pregunta de la Liseta es va quedar sense resposta.

La sortida del Saló de Bellesa del Doctor Yiang va ser, doncs, menys *elegant* que l'entrada: en fila índia, de quatre grapes i amb la Kira ensumant-me el cul... Bé!, segons diuen, és la manera que tenen els gossos de saludar... A més, havíem despertat les sospites de Madame Sheda, i l'Amanda estava **furiosa**.

Però també s'ha de dir que no tot era tan negatiu. Ara teníem dues lladres en comptes d'una. I ja sabíem on era el gat robat: a la bossa de l'Amanda.

Fins i tot havíem aconseguit esbrinar el mòbil del robatori!: la clau per trobar la tomba de Cleòpatra i Marc Antoni, on s'ocultava el *secret de l'Eterna Joventut*, que l'Amanda volia trobar de totes totes.

—Qui sap! —va sospirar en Marc—, potser mai més podrem sortir d'aquí i ens trobaran d'aquí a moooolts anys en perfecte estat de conservació gràcies a les baixes temperatures. Això sí que seria una **ETERNA JOVENTUT**...

GLUPPSSSS! La veritat és que a cap de nosaltres ens venia de gust convertir-se en una mòmia moderna per refrigeració.

—No us preocupeu, segur que aquest conducte ens porta a algun lloc —ens va tranquil·litzar en Paul—. Ja ho veureu, m'aposto la guitarra que d'aquí deu minuts haurem canviat l'aire condicionat per la brisa de París!

—UOOOOOO!!

De cop i volta, en Marc es va esfumar davant nostre.

—On és en Marc? —va preguntar l'Àlex.

—No ho sé —va exclamar la Liseta—, fa un segon era davant meu i... **AAAAHH!!!!**

La Liseta també havia desaparegut!

—Aneu amb compte! —va exclamar en Paul—. Que ningú no es mogui fins que esbrinem què ha passat.

—Ei, som aquííí a baaaaix!

Les veus d'en Marc i la Liseta semblaven venir de la *ultratomba*... Tots ens vam acostar al forat per on havien caigut i aleshores els vam sentir més clarament.

—**Auxiliiii!** —cridava la Liseta—. Aquí hi ha una pila de... de... de... esquelets! **Aaaaiii!**

—Tranquil·la, Liseta, que tinc la guia. Tot està sota control —vam sentir que li deia en Marc—. És evident que hem anat a parar a les catacumbes, no hi ha cap perill!

Estaven bé! La Matilda es va girar cap a en Paul, alleujada. I aleshores va passar alguna cosa... màgica... sense violins, és clar, però... en Paul va mirar la Matilda... i la Matilda va mirar en Paul... i... la Liseta, la Kira i jo ens vam apartar discretament i vam mirar cap a una altra banda.

Uuiii!

Aleshores la Matilda es va girar ràpidament cap a nosaltres. Encara sort que allà no hi havia *paparazzis*!

A dins del forat, en Marc seguia intentant tranquil·litzar la Liseta.

—Mira, ho diu aquí: hi ha prop de tres-cents quilòmetres de túnels sota París.

—Tres-cents quilòmetres? **AUXILIIII!** —La Liseta va cridar encara més fort.

Havíem d'anar allà baix amb ells. Era l'única opció que teníem!

—Primer jo! —va dir l'Àlex, i va saltar al buit com si es llancés per un tobogan.

Després va baixar en Paul, que va parar el cop de la Matilda amb els seus braços. Tot seguit m'hi vaig llançar jo. I la Kira... bé, semblava que allò dels esquelets, tot i la seva dèria pels ossos, no li acabava de fer el pes.

—Kira! —vaig cridar—. Aquí! Bistec de vedella!

I la Kira va saltar.

—Em sap greu haver-te enredat, però t'havia de convèncer d'alguna manera —li vaig dir quan em va caure al damunt, aixafant-me. Suposo que aquest va ser el meu càstig per dir una mentida.

Les notes d'en Marc

A París no et pots perdre

Les catacumbes

Són un autèntic laberint al subsòl de París, entapissat amb les restes dels vells cementiris. Tan sols deixen visitar-ne un quilòmetre. Policies especials patrullen dins dels túnels per expulsar visitants indesitjables. Els anomenen *cataflics*.

Apareixen en moltes obres literàries, com ara a *Els miserables* de Victor Hugo, una de les novel·les favorites d'en Marc.

Si et fan por les calaveres, no hi baixis! Tot i que és una de les parts de la ciutat més visitades.

L'Obelisc

Emplaçat a la plaça de la Concòrdia, és un autèntic obelisc egipci procedent del temple de Luxor. Va arribar a París al segle XIX. Fa més de 22 metres d'alçària i es va construir en honor del faraó Ramsès II. És un important vestigi de l'antic Egipte a París.

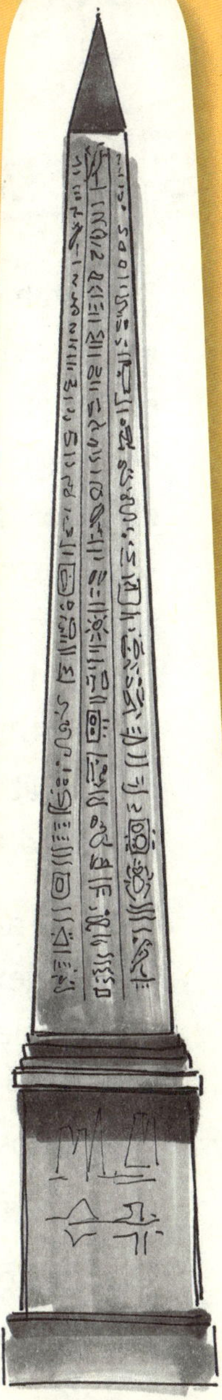

L'Obelisc

Una desfilada de moda molt chic

Tal com havia dit en Marc, les catacumbes de París estan compostes per més de tres-cents quilòmetres de túnels. Ens hi podríem passar tota una vida intentant trobar una sortida. Nosaltres vam trigar **DUES HORES**. I és clar, en aquest temps l'Amanda se'ns podia avançar...

—No ho aconseguirem! —va gemegar la Liseta—. Estic plena de teranyines i d'altres coses sospitoses que no vull ni imaginar què poden ser!

—Pols d'ossos en descomposició, àcars* i restes d'altres animals —va resumir en Marc després de consultar la guia.

—**Aaaiii!** Això és molt pitjor que el galliner —va sanglotar la Liseta—, mai més no em demaneu que vagi de viatge amb vosaltres!

—I si és en jet o en limusina? —va preguntar l'Àlex.

—Si és així...

La Liseta va seguir caminant, aquesta vegada sense queixar-se. Aleshores l'Àlex va treure un altre dels seus invents.

—Sembla que estem molt a prop de la superfície. Mireu!

—Una altra trapa! —va exclamar en Marc.

—I si intentem obrir-la? —va proposar la Liseta.

Dit i fet.

Aleshores vam veure, a dalt de tot, un trosset de cel.

—Seguiu-me! —va cridar en Paul mentre sortia per la trapa.

Érem enmig del pati d'entrada d'una *mansió*! I què eren aquelles llums llampegants? Flaixos dels fotògrafs!

La Liseta es va adonar de seguida que érem a l'entrada del local on se celebrava la desfilada de moda del gran dissenyador Jean Paul. Amb les CELEBRITIES,* els famosos que surten a les revistes i... nosaltres. Segur que l'Amanda també hi era...

Però, com hi podríem entrar?

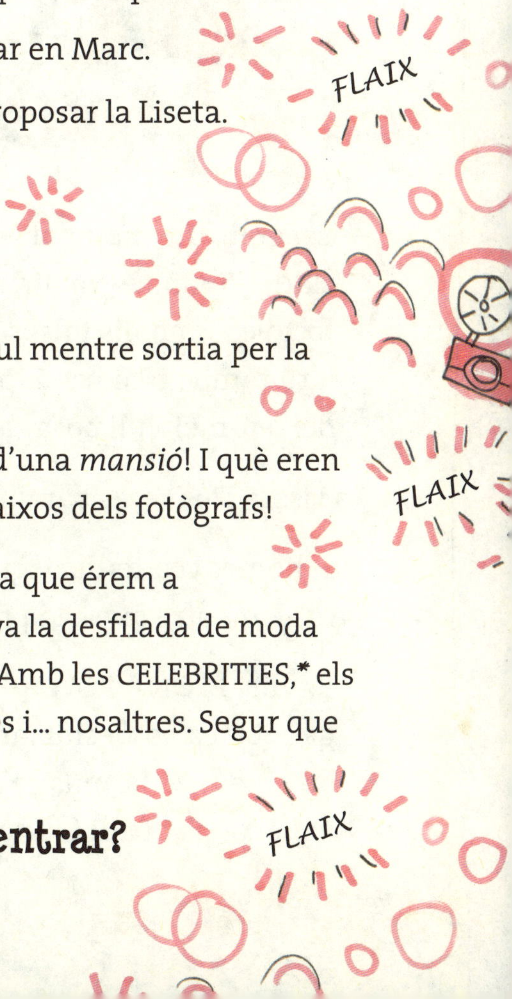

—Espereu un moment —va dir la Liseta. La bossa! És clar!— Teniu! —va dir, i en va treure perruques, ulleres fosques i mòbils falsos per a tots nosaltres—. Kira, per a tu també n'hi ha. Cap *fashionista* se n'adonarà! I ara, deixeu-me! Vull posar al PHOTOCALL!*

La Liseta i les seves paraules estranyes!

Uns homes vestits de negre es van apartar i ens van deixar passar, mentre que a la primera fila...

—Es diu FRONT ROW* —va xiuxiuejar la Liseta, i, oh!, gairebé es va desmaiar de l'emoció. Totes les estrelles de cine i de la música eren allà!— Aquesta és... oh!, i aquella... i aquell! **Ooooh!... Aaaahh! Uuuuh!**

La Liseta tenia els ulls resplendents de l'emoció. De sobte, però, es va quedar blanca com el paper. Aquesta vegada va ser l'Àlex que va trepitjar la Liseta amb tanta força que la nena va sortir del xoc i va cridar, sorpresa.

—Ei! Aquella dona de la primera fila no és l'Amanda? —va preguntar l'Àlex, mentre treia un artilugi de visió nocturna.

—Sí que l'és! —va exclamar la Liseta a punt de desmaiar-se de nou—. **És súper FASHION!** —va cridar.

—***Ssssst!*** —va xiuxiuejar una veu al costat nostre—. Silenci, la desfilada està a punt de començar.

Aleshores es van apagar els llums i per tot el saló va ressonar una música eixordadora. El dissenyador Jean Paul no havia volgut desvetllar cap detall de les seves creacions. Seria la gran sorpresa de la nit! Totes les boques, fins i tot la de la Liseta, van exclamar un **oooooh** d'admiració. La nova col·lecció estava inspirada en l'amor de Marc Antoni i Cleòpatra!

El diari de la Liseta

Especial *fashionistes*!

Minidiccionari de la Moda de la Zoë i la Liseta

*CHIC

Liseta: Terme francès que vol dir elegant i a la moda.

Zoè: L'Amanda es creu que és *chic*, però la Matilda sí que n'és de debò.

*CELEBRITY

Liseta: Les actrius i les models! I jo, quan sigui gran...

Zoè: Així s'anomena als superfamosos en anglès, i ara, en totes les revistes.

*PHOTOCALL

Liseta: A les festes, el lloc on et col·loques perquè et facin fotos.

Zoè: Un cartró davant de centenars de fotògrafs.

*FRONT ROW

Liseta: El lloc on cal estar. El meu lloc.

Zoè: La primera fila de seients d'una desfilada de moda.

*TOP MODEL

Liseta: Jo! El súmmum!

Zoè: Les models que arriben a ser *celebrities*. (Ja començo a parlar com la Liseta, oi?)

*__Àcars.__ Animals microscòpics que viuen pertot arreu. Moltes persones (entre elles en Marc) en són al·lèrgiques.

La llibreta de la Zoè

Zoè Test

(Amb la inestimable col·laboració de la Liseta)

Si vols ser una autèntica CELEBRITY has de...

1. a. Portar ulleres de sol fosques i molt grosses.
b. Portar ulleres graduades perquè, si no, no hi veus més enllà del teu nas.
c. Portar ulleres d'esquiar pel carrer.

2. a. Fugir dels fotògrafs tot el dia.
b. Somriure quan et fan una foto i dir: «LLUÍÍÍÍÍÍSSSS».
c. Treure la teva càmera fotogràfica de quan eres petit i fer fotos a tort i a dret.

3. a. Saludar tothom encara que no els coneguis.
b. Saludar el Pep del quiosc, és tan enrotllat!
c. No saludar a ningú, és tan vulgar!

4. a. Tenir nòvio.
b. No tenir nòvio.
c. Tenir nòvio i dir que no en tens.

RESPOSTES

1. a. Ulleres de sol sempre. També a la nit.

2. a. Imprescindible que et facin fotos, però sempre en actitud de fugida.

3. a. Saluda! Tots són amics teus.

4. c. Negar-ho tot. Sempre. Fins al dia del casament (secret).

El canvi

La desfilada de moda va ser realment fantàstica! La Liseta, la Kira, en Marc i jo estàvem entusiasmats, al·lucinats, impressionats! L'Àlex, però, no hi va trobar gaire interès i va aprofitar que la sala era a les fosques per treure el seu dispositiu captador de converses. Resumint: es va dedicar a espiar tot el que parlaven dues senyores que semblaven clons de l'Amanda. (El *Manual de l'Agent Secret per a Principiants* autoritza l'espionatge en cas de força major.)

—Doncs jo ja ho tinc **tot** artificial! Diguem-ne que quan m'acabin de posar les dents de porcellana només em quedarà de natural un iogurt que tinc a la nevera.

—Ja es nota! —va dir l'altra dona—. Estàs estupenda, quins cabells...

—Són de l'Índia; els recullen als temples. La gent se'ls talla per oferir-los en sacrifici.

—I el cutis? —va preguntar la clon número dos.

—Els llots del doctor Yiang. Tenen aquell problemet de... l'olor, però això s'arregla amb litres de perfum.

—I saps si Madame Sheda...? —va preguntar la segona en to misteriós—. Quan tindrem el remei definitiu?

—Sembla que **algú** ha espatllat el seu pla. Algú que no ho vol compartir.

—No! —va exclamar horroritzada el clon dos—. Una maleïda egoista!

—Sí! Madame Sheda l'està buscant... Es veu que es diu Gladys... Ha traït l'HADES... Hem de descobrir la seva identitat!

L'Àlex es va adonar que acabava de ser testimoni d'una conversa supersecreta i ens ho va explicar tot.

A la Matilda i en Paul no els havia calgut disfressar-se perquè ella és una autèntica estrella. Tots els fotògrafs es van afanyar a fer-los fotos

FLAIX, FLAIX!

—Matilda! Aquí, Matilda! —Els *paparazzi* intentaven cridar la seva atenció perquè es girés cap a ells.— Qui és aquest noi? És el teu nòvio? Per a quan la propera gira de **FRENCH CONNECTION**?

La Matilda i en Paul, agafats de la mà, van travessar el núvol de fotògrafs i van anar a saludar en John Pallianno, el **gran** dissenyador.

—Matilda, estàs *beautiful*! *Thank you* per venir... Us adoro!

L'Amanda estava asseguda amb en Pat. Ell li aguantava el refresc i la ventava perquè el maquillatge no se li fes malbé a causa de l'escalfor dels focus. L'Amanda contemplava la Matilda amb les celles arrufades i una expressió a la cara molt estranya; és clar, a ella no li havien fet cap foto! I això la feia posar de moooolt mal humor.

—**PAT-ÓS!** —va exclamar—. Venta'm ben fort; m'estic desfent com un gelat de xocolata —va exigir amb ràbia, i va clavar un cop a les costelles d'en Pat.

Aleshores la Liseta va fer uns ulls com unes taronges.

—Mireu, l'Amanda té la bossa a terra!, la que és igual que la meva...

Era cert: totes dues bosses eren idèntiques. Tret d'una petita diferència. La bossa de la Liseta tenia una **L** gravada i la de l'Amanda, una **A**.

—Què fem, Zoè? —va preguntar la Liseta.

—Ara o mai —els vaig dir—, **aquesta és la nostra oportunitat!**

Ens vam aixecar de les cadires i vam anar cap a l'Amanda. No va ser fàcil arribar fins a ella, perquè pertot arreu la gent se saludava i es feia petons... i no ens deixaven passar.

Quan hi vam arribar, la Liseta va seure al seu costat i va deixar la seva bossa a tocar de la de l'Amanda.

—Ja us ho havia dit —va xiuxiuejar la Liseta—, la meva Louis Pitton! Ella també té una edició limitada, però amb una A. Ui, hola, Amanda! No t'havíem vist. Quina sorpresa... —va dir allisant-se els cabells amb la mà.

—Em pensava que us havia deixat a casa —va remugar l'Amanda sense molestar-se a dissimular—. Què hi feu, aquí, i amb aquestes pintes?

—Hem vingut a acompanyar la Matilda —vaig explicar, inquieta... perquè l'Àlex m'havia fet un senyal que indicava **perill!**

Què hi feia, allà, Madame Sheda? I venia cap a nosaltres corrents amb els ulls fora de les òrbites... Bé, cap a nosaltres no, cap a l'Amanda!

—Així doncsss, vossstè ésss la tieta Gladysss? —va preguntar a l'Amanda tot just arribar—. Tot i que veig que té unesss pestanyesss la mar de llussstrosssesss...

—JOOOOO? —va respondre l'Amanda amb veu ofesa—. Les meves pestanyes són perfectament *falses*, gràcies. I no sóc la tieta de ningú! Quina gràcia! Jo no tinc germans, ni amigues, estimada; el metge m'ho ha prohibit. Em sap greu, però me n'haig d'anar de seguida —es va acomiadar amb pressa—. BYE, BYE! I porta'm la bossa, que per això et pago, **PAT-ATA**! —va cridar al pobre Pat, que es va aixecar tan atabalat que va agafar la Louis Pitton que tenia més a prop.

La *bossa* **EQUIVOCADA**.

Però encara no ens havíem desfet de Madame Sheda.

—Alessshores què? Era la vossstra tieta Gladysss o no? —ens va preguntar, atansant-se a nosaltres—. Aquí hi ha alguna cosa que fa pudor...

—Ui! Aquesta vegada no he estat jo... —va començar a dir l'Àlex—. Ai!

Havia rebut una altra trepitjada de la Liseta.

—Vosssaltresss sssabeu QUI té el gat, oi? —va insistir Madame Sheda molt alterada.

La Liseta es va estrènyer la bossa contra el pit.

—Em sap greu, però no tinc ni la més remota idea d'on és.

GLUPSSS!

Ara tan sols calia fugir de Madame Sheda, però... com ens ho faríem?

La Matilda! Ella ens hi podia treure, d'allà.

TV

Els trucs de l'Àlex

Descobreix les set diferències

Solució

1. El volum del cor.
2. Un punt rosa al braç esquerre.
3. Els plecs del llaç.
4. L'ombra del cabell a l'esquerra.
5. La vorada de les màniques.
6. Una pestanya a l'ull dret.
7. Els lòbuls de les orelles.

—La tens? —vaig preguntar a la Liseta.

—La tinc —va afirmar agafant la bossa encara més fort.

El gat.

El teníem. Dins de la bossa de l'Amanda, canviada per error. I per culpa de la impertinència de la mateixa Amanda!

El saló s'anava omplint de gent. I al centre, en Paul i la Matilda, la cantant de FRENCH CONNECTION, somreien a la premsa. Aleshores em vaig sentir molt orgullosa de ser la seva germana.

Però, compte!, perill! L'Amanda i Madame Sheda ens vigilaven des de diferents angles. Aleshores l'Amanda va empènyer el seu assistent.

—On has ficat el meu mòbil, tros d'animal? —li va preguntar.

En Pat va remenar dins de la bossa i no hi va trobar res. L'Amanda l'hi va arrencar de les mans d'una estrebada i va començar a treure'n les coses de la Liseta: raspall i pasta de dents, una ampolla d'aigua per a la Kira (l'havia posat jo), unes quantes magdalenes de xocolata (que eran de l'Àlex) i el *seu* **COLLARET**! Sorpresa, va mirar cap a nosaltres i va veure una bossa IDÈNTICA penjada a l'espatlla de la Liseta. Aleshores l'Amanda es va adonar que la Liseta tenia la *seva* bossa, i ella, la de la Liseta.

—Atureu aquelles criatures monstruoses i el seu petaner disfressat de gos *cool*! —va cridar.

Per sort, la gent reia i parlava pel mòbil sense fer-li gens ni mica de cas. I Madame Sheda va aprofitar el moment per esmunyir-se cap a la sortida amb una expressió estranya...

Quina en duia de cap?

Mentrestant, l'Amanda havia aconseguit arribar fins a en Marc.

—Tu, rata de biblioteca —va dir, i el va agafar per la motxilla.

—Eeh... N-nosaltres ja marxàvem... —va quequejar en Marc.

—No correu tant, estimats. —L'Amanda tenia el collaret en una mà i amb l'altra va aferrar la Liseta pel coll.— Dóna'm la bossa, espantall amb rínxols! —va exigir—. I, a més, em vas robar el collaret. Vas agafar el que no era, tros de tafanera —li va retreure sacsejant-la bruscament—. Perquè no me n'havia adonat... que si no...!

La Liseta va intentar mantenir la bossa fora del seu abast. Però es va enganxar el collaret, que es va trencar. Tota la granadura va caure a terra. I la gent va començar a relliscar com si fossin en una pista de patinatge!

—Uuuuui!

—Aaaaaii!

—Quina trompada!

Vam aprofitar la confusió per tocar el dos.

—M'han robat la bossa! —va cridar l'Amanda—.

Agafeu-los!

Aleshores vam córrer cap a la Matilda, que seguia parlant amb en John Pallianno.

—Matilda, *dear*, has de venir al meu *taller*. Cal que et dissenyi el vestuari per a la teva propera gira, *please*!

L'Amanda i el seu assistent eren a dues passes de nosaltres! Els van aturar els flaixos dels fotògrafs, que creien que allò era una representació teatral.

—Oh, quin show més *original*! —va exclamar en Pallianno aplaudint—. No ho trobeu *genial*?

—Genial, John, però si vols que vagi al teu taller, haurà de ser ARA mateix! —va suggerir la Matilda, nerviosa.

En Paul se li va atansar i li va parlar a cau d'orella. Havia decidit sortir a buscar Madame Sheda.

—Aneu amb molt de compte! Ens està buscant i és perillosa! —el va avisar.

—Jo la trobaré.

—Marxem? —va dir en Pallianno—. Pugeu a la meva *limo*. *Garçon!* —va cridar.

Ens va anar d'un pèl! Vam pujar a la limusina d'en John Pallianno i vam sortir escopetejats d'allà just a temps!

—**Bestiotes! JA US ENXAMPARÉ!** —va cridar l'Amanda mentre el cotxe arrencava. Estava tan furiosa que va arrencar el mòbil a un despistat que passava per allà i el va llençar al cap del seu assistent.

Pobre Pat!

El diari de la Liseta

Atenció, *fashionistes*!

Taller

El taller és el lloc on els dissenyadors fan les seves creacions. Altres artistes, com ara els pintors i els escultors, també utilitzen aquest terme per referir-se al seu espai de treball.

El taller d'en JP

El taller d'en John Pallianno era increïble, vam haver d'aguantar fort la Liseta perquè no fes una ximpleria!

En **JP** —va insistir que l'anomenéssim així— ens va convidar a prendre refrescos de soja orgànica i brots de bambú sense refinar. L'Àlex va fer cara de preferir unes vulgars galetes de xocolata, però tot i això ho va endrapar tot amb una gran demostració d'entusiasme (i engrunes pertot arreu... **CRONX, CRONX, CRONX!**). El menú em va fer pensar en la mare i la seva afició per la vida sana i l'alimentació

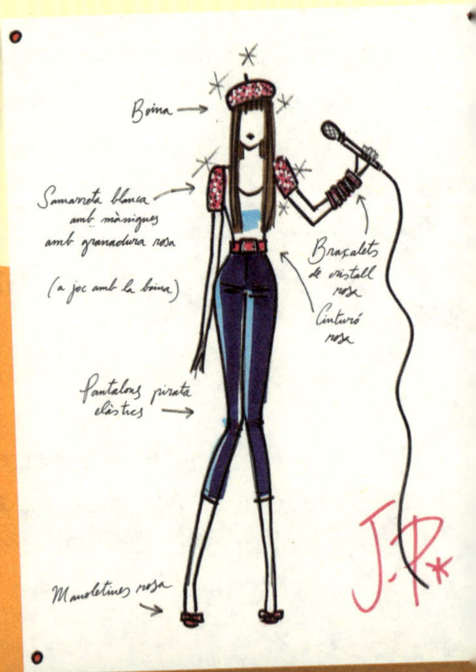

saludable, i la vaig trobar a faltar... Tot allò era tan diferent del galliner! Em van venir ganes de tornar-hi.

Però en **JP** de seguida va fer que oblidéssim que érem molt lluny del nostre petit món.

—Matilda, *my dear*. Estàs *marvelous* amb aquest conjunt per a la *first song*, la primera cançó. I després...
—Aleshores, com un mag, va treure els seus dissenys. Eren meravellosos!

Vam deixar la Matilda amb en **JP** i vam aprofitar per donar un cop d'ull al taller. **Tot allò era megaguai!**

—Mira, Zoè! Quina t'agrada més?

En Marc havia descobert una capsa que contenia centenars de samarretes.

—Aquesta —vaig dir, i en vaig triar una per a la mare—, i aquesta. —I en vaig triar una altra per al meu germanet Nic.

Potser se m'havien posat malament els brots de bambú? Començava a enyorar la Cloca, la Lloca, l'Espavilada i fins i tot en Nic...

—Per què no us dissenyeu les vostres pròpies samarretes? —va proposar en **JP**.

Que divertit! Vam pintar unes... 300 samarretes. (Potser m'he passat...) Però va ser realment guai.

Per cert, i la Liseta, on era?

La Kira ens va avisar amb els seus lladrucs.

BUUUB, BUUUB!

No!, ja hi tornàvem a ser...

A la Liseta li brillaven els ulls i feia voltes per l'habitació, com al vestidor de l'Amanda. I no era per culpa dels brots de bambú. La Liseta patia una mena d'empatx... de vestits.

El taller d'en JP
J.P.
PARIS ROCKS
Lady Music

La Zoè pren una decisió

Ja teníem el vestuari nou de la Matilda i *tones* de samarretes, però...

—Nois, això ha estat molt bé, però cal que no oblidem la nostra missió principal! El gat.

La Liseta va obrir la bossa de l'Amanda i en va treure un mòbil amb vint-i-vuit trucades perdudes, un flascó de perfum de dos litres i mig, i *set* barres de llavis abans de mostrar-nos, triomfant,

EL GAT EGIPCI!

—Liseta, per què sempre has de treure *tantes* coses de les bosses? —va remugar l'Àlex.

La Liseta la va mirar i no li va respondre.

—Bé, Zoè —va preguntar—; quin és el pla?

Bona pregunta. Calia pensar... i ràpid. Vaig fer una llista per no descuidar-me res.

LLISTA de la Zoè

1. Retornar el gat robat al museu i allunyar les sospites del pare.
2. Descobrir qui va robar el gat
(i donar-los allò que es mereixen, va afegir l'Àlex).
3. Començar la gira de French Connection.
(Suggeriment de la Matilda. Aprovat.)
4. Trobar la tomba de Cleòpatra i Marc Antoni.
(Petició desesperada d'en Marc, que volia escriure el cinquè volum de Reines d'Egipte! Doncs s'hauria d'esperar.)
5. Desxifrar el secret de l'Eterna Joventut.
(La Liseta hi va insistir molt, en aquest punt. No prioritari.)
6. Anar al supermercat a comprar menjar per a gos de qualitat extra i bistecs de vedella d'oferta.
(Per descomptat, aquesta era la Kira. Ja ho veurem...)

—El primer que hem de fer és tornar el gat al museu —vaig dir—. I després, tota la resta.

Des del passadís ens va arribar una gran remor de veus. I una panxa enorme travessada per una banda de seda va entrar abans que el seu propietari al taller d'en **JP**.

—Perrr això sóc aquí!

—**Moska?!** —vaig dir, sorpresa.

—A les seves orrrrdrrres, als seus peus i on calgui, *mademoiselle* Zoè —em va saludar efusiu l'ambaixador fent-me un petó a la mà—. Veniu amb mi! Tinc un cotxe a la vostrrrra disposició perrr porrrrtarrr-vos on faci falta.

I ens va obrir la porta d'una altra limusina.

Però és que allà ningú no tenia un cotxe normal?

Polissons a bord

Aquest cop no ens vam haver d'estrènyer. Hi cabíem tots en els *confortables* seients de la limusina de l'ambaixador de Rusku. Era **enorme!** Tenia quatre fileres de seients, i fins i tot una tele.

—**Uau!** —va dir la Liseta—, m'encanta aquesta manera de viatjar!

—Doncs no t'hi acostumis —va dir l'Àlex—, que aviat haurem de tornar a casa.

—No tan de presssa, bestioletesss —va xiuxiuejar una veu des de la part posterior del vehicle: Madame Sheda!—. **Sssorpresssa, sssorpresssa!** —va dir, traient el cap entre els seients i mostrant el seu pentinat **XL**.

L'ambaixador es va girar, ofès.

—Perrrò, què hi fa aquesta senyorrra tan peluda al meu cotxe?

Madame Sheda va aferrar la Matilda pel coll amb la cara vermella d'ira.

—Vull el gat —va dir—, i el vull ARA. Digueu-me qui me'l va robar! **Va ssser la vossstra tieta Gladysss?**

La Matilda ens va indicar amb gestos que l'hi lliuréssim. Ara era ella qui s'estava posant vermella...

COF, COF!!

Però què estava passant? En Marc també estava vermell com un pebrot. I no parava de tossir!

—És l'al·lèrgia... **AMANDITIS AGUDA!** L'Amanda corre per aquí!

—Aquest monstre és un espieta fastigós... —va exclamar l'Amanda amb menyspreu traient el cap des d'una altra fila de seients de la limusina.

—El té vossstè! —va cridar Madame Sheda mentre intentava arribar fins a l'Amanda—. **Vossstè ésss aquessta Gladysss!**

L'ambaixador feia uns ulls com a taronges.

—Perrrò, Amanda, vostè es diu Gladys? Quina bestiesa! I què hi fa també aquí? —va preguntar atònit.

—Amic Moska, el trobava a faltar tant... —va dir l'Amanda estirant-se al seient.

L'ambaixador va canviar d'actitud en un tres i no res. Es va escurar la gola i es va arreglar la corbata.

—Estimada senyorrra... em prrrostrrro als seus peus. Vull dirrr, a les seves sabates de taló.

De sobte, la Matilda va fer un crit.

—Aiii!

Madame Sheda l'havia tornat a agafar pel coll amb totes dues mans i l'estava escanyant!

—El **gat**! —va exclamar la dona—. De presssa! Qui sssigui que el tingui ja me'l pot anar donant o li retorçççço el coll a la noia!

—Quina pena! *Bye, bye,* **FRENCH CONNECTION**! —va dir l'Amanda girant-se cap a l'ambaixador—. Moska, *darling*, que em pot passar la meva bossa?, aquesta d'aquí...

—Liseta, no la deixis anar! —vaig cridar—. Marc, agafa Madame Sheda!

Madame Sheda va deixar anar la Matilda i va provar d'agafar la bossa, però l'Amanda se li va llançar al damunt.

—Perrrò senyorrres, quina manerrra de comporrrtarrr-se! —els va retreure l'ambaixador, amb la mosca al nas.

L'Amanda i Madame Sheda s'estiraven els cabells enmig de la limusina! Semblaven dos gats barallant-se en un carreró!

Aleshores el cotxe va frenar bruscament i totes dues van caure, xisclant, cap a la part del darrere. El conductor es va girar cap a nosaltres i... era en

PAUL!!!

***Polissó.** Passatger que s'embarca clandestinament, sense pagar el bitllet i viatja amagat.

A la limusina de l'ambaixador Moska se n'han colat dos.

Un gat d'anada i tornada

Quina sorpresa!

Però què hi feia, en Paul, al cotxe, disfressat de xofer?

—És molt senzill. He seguit Madame Sheda quan ha sortit de la desfilada... Ella és la responsable de l'Hades! Només cal veure l'odi que sent per les nenes... oi que sí, Madame Sheda? Vostè va robar el gat del museu!

—Sí, jo vaig robar el gat, però dessspréss algú me'l va robar a mi!

Madame Sheda cridava, immobilitzada sota el gros darrere de l'ambaixador Moska.

—Aleshores, qui li va robar el gat a Madame Sheda? —vaig preguntar, adreçant-me a l'Amanda.

L'Amanda es va arreglar el pentinat.

—El va poder robar qualsevol, oi, *darling*? —va dir dirigint-se a l'ambaixador—. Qualsevol dona tocada del bolet del Saló de Bellesa del Doctor Yiang! Fins i tot és possible que el culpable sigui el mateix doctor Yiang —va afirmar.

—I com havia anat a parar a la seva bossa? —va preguntar l'Àlex.

L'Amanda no es va immutar.

—El vaig trobar justament al Saló de Bellesa del Doctor Yiang, i me'l vaig guardar a la bossa per... *tornar-lo* —va dir mirant la Matilda—, i així allunyar les sospites del vostre estimat pare i el meu pobre *chéri*...

GRRRRRRRR!!

L'ambaixador la contemplava embadalit.

—Quin corrr més noble, estimada senyorrra —va exclamar—, tan forrrmós com vostè!

L'Àlex, la Liseta, en Marc i jo ens vam mirar. L'Amanda havia dit que el pensava tornar? **I un be negre amb potes rosses!**

Els trucs de l'Àlex

M'agrada observar detingudament el llenguatge corporal de l'Amanda i Madame Sheda, tal com ho he après al *Manual de l'Agent Secret per a Principiants* d'en Marc:

Tocar-se el nas indica que la persona que parla està nerviosa i potser està mentint.

Tapar-se la boca vol dir que amaga alguna cosa.

Mirar cap avall vol dir que no es creu el que li estan dient.

Back in the galliner

Doncs, sí. L'ambaixador Moska va declarar a la policia que el pare era *totalment* innocent. El pare es va encarregar de tornar el gat al museu i va sortir en tots els diaris com si fos un autèntic heroi. L'Amanda, és clar, es va enganxar a ell per sortir a totes les fotos. Finalment tots els flaixos van ser per a ella!

Quina ràbia!

La rà[illegible]
dels [illegible]
cents
depar[illegible]
furts y
cos de
la capi[illegible]
sa han
ble la r[illegible]
d'aques
antic c
lorat e[illegible]
10 euro
meres
apuntav
figura d[illegible]

RECUPERAT EL GAT DEL MUSEU

EXCLUSIVA. El cas del gat egipci desaparegut del Museu del Louvre ha estat resolt gràcies a la intel·ligent operació coordinada per l'embaixador de Rusku i la policia parisina.

El multimilionari ha quedat lliure de tota sospita.

ta com a
possible a
delicte. [illegible]
se demos[illegible]
conseqüèn[illegible]

tinguda l'autora l'espectacular batori al Louvre

[illegible]adame Sheda, l'autora del robatori del gat [illegible]l museu del Louvre, ha estat tancada a la

I Madame Sheda va anar a parar a la presó. Allà no hi feien tractaments de bellesa i aviat va anar recuperant el seu aspecte normal, el que reflectia la seva autèntica edat. Aquest va ser el pitjor càstig per a ella! I, a més, la seva carcellera es deia... **GLADYS!**

L'Àlex i en Marc tenien moltes ganes de tornar a casa. A la Liseta, en canvi, després de tantes aventures, el retorn al nostre món li va semblar una mica avorrit. S'havien acabat les joies màgiques, les limusines, les desfilades de moda, els models exclusius de **JP**..., fins i tot aquelles paraules altisonants que tant li agradaven, com ara *celebrity* o *photocall*!

El retorn a casa va ser genial!

La mare ens esperava. I en Nic ens esperava. La burra Espavilada i el conill Orelletes també ens esperaven. I fins i tot la Cloca i la Lloca ens esperaven bordant (bé, això és el que es pensaven).

—Benvinguts! —va exclamar la mare—. Zoè! **MMMUUAAC!** La Matilda m'ha explicat que heu ajudat una *parenta* llunyana... La tia Gladys?

La mare no en sabia res, de les nostres perilloses aventures. Encara sort...

Per acabar-ho d'adobar, al cap de poc temps de la nostra tornada, a l'escola vam tenir un examen.

—Avui toca examen sobre l'Antic Egipte! —va anunciar la professora—. Estic molt amoïnada perquè heu faltat tant a classe!

En Marc va intentar justificar-nos.

—És que vam anar a les catacumbes... i hi havia un doctor que tenia una clínica plena de dones pudents... i...

—Quina imaginació! No es pot negar que tens talent com a escriptor! —va exclamar la professora—. A veure si ens sabem *tan bé* la lliçó...

La primera pregunta va ser per a la Liseta.

—Qui va ser la reina d'Egipte famosa pel seu nas?

—És molt fàcil —va contestar la Liseta—: Cleōpatra.

—Ja ho veig —va dir la professora, sorpresa—. Però crec que ha estat una carambola.

Aleshores va ser el torn de l'Àlex.

—Qui era Hades?

—El senyor de l'Inframón! —va respondre l'Àlex triomfant.

La professora no s'ho acabava de creure.

—Ara et toca a tu, Zoè! —va exclamar—. Quin era l'animal sagrat dels egipcis? A veure si fas carambola, com la Liseta...

—El gat! —vaig dir.

BÉ!!

Vam tornar al galliner després de deixar la professora perplexa per la nostra bona sort... Perquè, d'Egipte, ho sabíem TOT. És clar que no ho havíem après als llibres; bé, excepte en Marc. Ell sí.

Que bé s'estava a casa! Perquè la Matilda també havia vingut amb nosaltres! I el pare!

—És espaterrant —va exclamar el pare— que estiguem tots aquí per al primer concert de la gira de... **FRENCH CONNECTION**!

—Sí! —va anunciar la Matilda—. Comencem la gira AQUÍ! Què te'n sembla, Zoè? I després anirem a Rusku.

GENIAL!!! Estava contenta de ser a casa... i amb el pare.

L'Amanda, però, no ens va acompanyar.

—De moment ho hem deixat córrer —va explicar el pare—, la relació m'estava ofegant una mica últimament... Espaterrant!

—A mi també em passava! És el perfum! —va dir en Marc, i tots vam esclatar a riure.

I malgrat que la Rose va recordar al pare que tenia una cita molt important a Tòquio i que havia de marxar de seguida, el pare va dir que volia passar més temps amb en Nic i amb mi.

—A més —va afegir fent-nos l'ullet—, a l'Amanda el camp li provoca al·lèrgia.

—I a mi també! —va exclamar en Marc esternudant.

Però, atenció!, l'Amanda ens havia enviat un convidat perquè gaudís de les excel·lències del camp mentre ella se n'anava de viatge: el seu gat! I aleshores, la Kira va aprofitar l'ocasió per donar la **benvinguda** a l'adorable Nails. Què s'havia pensat? El galliner era el seu territori!

I hi va haver un daltabaix!

Les notes d'en Marc

L'autèntica escultura del gat

El gat existeix en realitat al Museu del Louvre!

És una gata de bronze que representa la deessa Bastet, amb els ulls de vidre i una figura d'escarabat gravada al pit. Porta un collaret de granadura del qual penja un medalló. És un exvot (una ofrena que es dipositava al temple) de la Baixa Època, datat entre els anys 664 i 332 aC. A la base de la figura hi ha diverses inscripcions (però no hi ha la pista per trobar la tomba de Cleòpatra i Marc Antoni..., això era «ficció»*). El text revela que l'objecte és una ofrena a la deessa Bastet per tal d'obtenir els beneficis de la seva protecció.

***Ficció:** Obres literàries o cinematogràfiques que tracten successos i personatges imaginaris. Els contes, les pel·lícules i els somnis estan fets d'això...

ACONSEGUEIX EL CARNET DE
La Banda de la Zoè

Fes-te'l tu mateixa

1. Retalla aquesta pàgina per la línia de punts i enganxa una foto teva al requadre.
2. Omple les dades... i signa a la línia de punts.

Ja tens el Carnet de la Banda de la Zoè!

Ara només et cal un cas per resoldre...

La Banda de la Zoè

Nom ....

Flipo amb ....

No suporto ....

....

LA PRÒXIMA AVENTURA DE LA BANDA DE LA ZOÈ

Tornarà a aparèixer l'Amanda per fer de les seves? Deixarà, en Marc, de ser al·lèrgic al seu perfum? Aconseguirà la Liseta ficar encara més coses a la bossa? I l'Àlex? Passarà alguna cosa entre la Matilda i en Paul?

I pel que fa a la Zoè... Aconseguirà concentrar-se a l'escola en comptes de distreure's amb una mosca que passa? I la Kira, segur que no deixa de somiar mil bistecs i gats per perseguir!

En la pròxima aventura de la Banda de la Zoè, l'Àlex, en Marc, la Liseta i la Kira l'acompanyaran en una esborrajada persecució fins a Londres!